慧眼看世界

HUIYAN KAN SHIJIE

主编　张启明　赵洪恩

 新疆文化出版社

图书在版编目（CIP）数据

慧眼看世界 / 张启明, 赵洪恩主编. -- 乌鲁木齐 : 新疆文化出版社, 2020.6
（智慧丛书）
ISBN 978-7-5694-1950-4

Ⅰ. ①慧… Ⅱ. ①张… ②赵… Ⅲ. ①散文集 – 中国 – 当代 Ⅳ. ①I267

中国版本图书馆 CIP 数据核字(2020)第 076823 号

智慧丛书

慧眼看世界

主　编 / 张启明　赵洪恩

选题策划	王永民	封面设计	李瑞芳
责任编辑	王永民	责任印制	刘伟煜

出版发行　新疆文化出版社有限责任公司
地　　址　乌鲁木齐市沙依巴克区克拉玛依西街 1100 号（邮编：830091）
印　　刷　三河市刚利印务有限公司
开　　本　787 mm × 1 092 mm　　1 / 16
印　　张　13
字　　数　176 千字
版　　次　2020 年 6 月第 1 版
印　　次　2024 年 7 月第 2 次印刷
书　　号　ISBN 978-7-5694-1950-4
定　　价　48.00 元

目　　录

第一章　做最优秀的自己

第二章　让生命之花向着阳光开放

第三章　送你一双慧眼

第四章　人生因梦想而伟大

第五章　人格就是力量

第六章　爱,被爱,分享爱

第七章　快乐是一种感觉

第八章　出色的工作是高贵的荣衔

第一章　做最优秀的自己

我是我生命的主宰，
我是我心中的第一名

占梅姿

一个 15 岁的女孩曾经问我：“我该怎么做，才能过充实的生活？”我的答案很简单，只有四个字：“做你自己。”

在这世上，我是独一无二的个体。也许我有些地方与别人相似，但我仍是无人能取代。我的一言一行都有我自己的个性，因为这是我自己的选择。

我是自己的主人——我的身体，从头到脚；我的脑子，包括情绪思想；我的眼睛，包括看到的一切事物；我的感觉，不管是兴奋快乐，还是失望悲伤；我所说的一字一句，不管是说对说错，中听还是逆耳；我的声音，不管是轻柔还是低沉；以及我的所作所为，不管是值得称赞还是有待改善。

我有自己的幻想、美梦、希望以及恐惧。

成功胜利由我自己创造，失败挫折由我自己承担。

因为我是自己的主宰，所以我能深刻了解自己。由于我认识自己，所以我能喜欢自己，接纳自己的一切，进而将自己最好的一面呈现出来。

然而人多少会对自己产生疑惑，内心总有一块连自己也无法理解的角落；但只要我多支持和关爱自己，我必定能鼓起勇气和希望，为心中的疑问找到解答，并更进一步地了解自己。

我必须接受自己的所见所闻，一言一行，所思所想，因为这是我自己真实的感受。之后我可以回头检视这些发自内心的行为，若有不合宜之处，便加以纠正；若有可取之处，则应继续保持。

我身心健全，能自食其力。我愿发挥自身潜能，并关怀他人，为创造一个更美好的世界贡献一份力量。

我能掌握自己，做自己的主宰。

我就是我，世上不会有第二个我。

最好的伯乐往往是自己

陆勇强

意大利画家达·芬奇做学徒的时候，才华深潜未露。当时，他的老师是个很有名望的画家，但年老多病，作画时常感到力不从心。

一天，他要达·芬奇替他画一幅未完的作品，年轻的达·芬奇只是一个学徒，他十分崇敬老师的为人和作品. 他根本不敢接受老师的任务。他缺乏自信，更害怕把老师的作品毁了。可是，这位老画家不管达·芬奇怎么说，一定要让他画。

最后，达·芬奇战战兢兢地拿起了画笔，很快，他进入了人画两忘的境地，内心的艺术感受喷薄而出。画完成后，老画家来画室评鉴他的画，当他看到达·芬奇的作品时，惊讶得说不出话来。他把年轻的达·芬奇抱住："有了你，我从此不用再作画了。"

从此以后，达·芬奇找回了自信，他的才情得到最大限度的发挥，终成一代艺术大师。

达·芬奇的故事告诉我们，人有时候并不了解自己。在一项充满挑战的工作面前，大多数人会觉得自己不配，没有本事，没有能力去完成，这样我们就会永远活在自己设置的阴影里。其实，尝试可以使我们发现自己生命中优秀的潜能。

每一个人的生命都潜藏着许多自己也不知道的能量，如果不去尝试，这些能量永远也没有机会大放异彩。只要我们勇敢地向前走一步，那些像火山一样炙热的才情也许会喷薄而出。世上许多美好的东西最初有时只是一次不经意的尝试。

所有失败都陷于半途而废的泥潭，而所有成功的人几乎都从倦怠的泥潭中突围出来。世上没有等来的伯乐，最好的伯乐往往是你自己。

人生总归是我们自己的，
每天都赢自己一把，
生命的质量就会不断地提升

佚　名

很久以前有一个很笨的孩子，功课咋样先不说，只知道每次开家长会，老师宣布班上学生的成绩，他老爸吊着一颗心只想早一些听到念他孩

子的名字，结果念出他孩子的名字时，老师就做了完结式的停顿，接下去就说：完了。

他老爸也不恼，只说：儿子，这世上许多人你无法比。你只跟你自己比。你只要每天能赢你自己。有一次儿子考了60分，乐得他老爸搂着儿子啃排骨似的，因为儿子上次只得了58分。后来这孩子机灵了，知道功课比不过人家，就不想再当什么牛顿、阿基米德了。他作文写得好，于是就每天写文章给自己看，让自己一天赢自己一把。结果，这孩子轻而易举地捡了个中文系的保送指标把大学给念完了。

这很笨的孩子便是我。

有记者问奥运金牌得主刘易斯：你是世界上跑得最快的了，你没有竞争的目标怎么办？刘易斯答：我下一步该做的是——粉碎自己。

是的，仔细想想：你最好的朋友是你自己，你最大的敌人也是你自己。如果你不是很刻意地活给人家看，你知道每天能与你竞争的只有你自己——你活得对自己苛刻些，你就活得张力些质感些；你活得松弛一些，你就只能是乏味些平淡些。没有人时时充当你的对手，也没有人时时记着给你打分。你且记住了：人生终归是你自己的。你不妨时时给自己提个醒。

赢——自——己——一——把！

人生旅程中别忘了为自己感动

乔　叶

一次，我和一位朋友结伴去外地旅行。火车上的时光很是难以打发，幸好列车播音室不断地播放着一些很好听的乐曲，听着这些乐曲，倒是一种很有情调的享受——这些乐曲都是旅客们点播的。在点播词里，有人是献给一同旅行的朋友的，有人是献给火车上刚刚认识的朋友的，还有人是献给乘务员的，更有甚者是献给共同乘坐这辆列车的所有旅客朋友们的。

“其实，听着这些乐曲，我的心里常常十分感动。”朋友忽然说。

“感动什么?”

“为这些点播者啊。”

“你知道他们是出于什么动机吗?”我笑道。

“不论他们是出于什么动机，我觉得自己都有理由感动。”朋友说，“如果他们是为了献给我们祝福，那么我们应当感动；如果他们是为了让我们和他们共同分享快乐，那么我们也应当感动；如果他们并不快乐却想给予我们一些快乐，那么我们就更应当感动。不是吗?”

“可是你看看车厢里的这些人，谁像你这么容易感动?”我环视周围，说道，“说不定还有人嘲笑他们，说他们既幼稚又神经呢。”

“所以我为这些人感到有些悲哀。”朋友说，“在今天，当人们满耳朵听到的满嘴巴讲出的都是‘人心不古，世风日下’的感叹时，却不曾想到：有许多人连这种最起码的感动都会迟钝都会麻木都会吝啬都会熟视无睹——甚至还会失去。也许只有到了有一天，当人们都能够珍视感动、习惯感动，并且常常互相馈赠感动时，我们的世界才会变得真正美好起来吧。”

感动。看着朋友的面庞，我忽然想：感动到底是一种什么情绪呢？是不是对生活的感恩？是不是灵魂里的触动？是不是一颗敏锐的心最温暖最柔软的那一部分?

也许这些都是，也许还不仅仅是这些。

然而无论如何，我知道我都不会再忽略感动轻视感动了。人们常常说：赠人玫瑰，手有余香。其实感动也是如此啊。

我为自己对感动的感动而深深感动。

别人看轻你不要紧，你只需自己看重自己

亦　舒

我们活在世界上，不是为了求人们原谅。

别人要误会，让他误会好了，何必在乎？凡有人看不清楚事实，那纯粹是该人的损失，与我无关。

别人看轻我，不要紧。一个人只需看重自己即可。

世上总有些人跟一些人是谈不来的，何必虚伪地硬要有友无类？何不坦白地说一句，你不能赢得每个人的心。而那么多的人可以成为好朋友，我看不出来为什么一定要苦苦争取敌人的心？况且这世上是有敌人这回事的，有敌人又不是没面子的事，也不是错事，完全没必要花这么多劲在这种无聊的事上，证明自己人缘天下一流。

吃过苦的人，处世总大方点。我们知道，幸运并非必然，社会并不欠谁什么。最最没出息的人，一事无成的人，懒得生虫的人，在怪社会怪人类之余，当然拿手好戏就是表演他们的清高。

为别人改变自己最划不来，到头你会发觉委屈太大。而且，人家对你的牺牲不一定欣赏。

最好不要同任何人吵，非吵不可，亦应把范围规限于父母及伴侣三人之内，因与他们的关系有退路。与老板老总，可以据理力争，亦万万不能僵到吵的地步。故此许多人越生气越沉默，一声不发，到了时间，站起来就走。

但凡使人开心的事，大半都是有危险的。像饮酒赌博，像好逸恶劳。

无论什么事，做给你自己看已经足够，千万别到街上乱拉观众。

人生试题一共四道题目：学业、事业、婚姻、家庭，平均分高才能及格，切莫花太多时间精力在任何一题上。

凡是太好的东西都不像真的。有人说，如果一件事好得不似真的，可能它的确不是真的。

人性肯定有坏的一面，但亦有好的一面，倘若黑得墨黑，白得雪白那有什么味道?

我们年轻时，理想高高在上，神圣不可侵犯；成年之后，被逼放弃理想，丢在脑后，理想不知所终，甚至有可能掉在泥淖里。

连史努比都说：“半夜三点半所想的事与清晨八时所想的事情太不一样。”

时常怀疑世上若干名词是人类虚设来自我安慰的，对短暂、虚无、痛苦的生命作一点调剂——像朋友、爱情、希望这些术语，不外是为了让我们好好地活下去。

每个人总有大大小小不如意之处，总得努力靠自身挨过。

一个人如果心中没有企图，很少会被别人利用。

记住——永远只与比你高一等的人一起争吵。

你要实现你的人生价值，就不要乞求每个人的理解

陈大超

都说活人不能被尿憋死，但活人却可以被不理解憋得痛不欲生。

被有足够多的人理解，或许是人生最好的生存环境。难道理解比空气

和阳光还要重要？我一下子就想到了这些问题。

当然，这些问题只有对永远抱着理想的人才存在。因为这种人并不以世俗的荣誉为终点。那些永远抱着理想的人，根本就不把世俗的荣誉放在眼里，他们根本就不以“马拉松”的终点为终点。他们跑过了观众眼里的终点还在跑，并且依然是那么执着和陶醉。

我当然也尝到过处在这种境地的滋味。没人鼓掌饱尝寂寞倒是小事，最难受最难办的是来自亲人和恩人的围追堵截。他们绝不让你破坏掉他们因为你而拥有的世俗的荣誉，或者说他们绝对不容许你给他们带来世俗的耻辱。

他们既然看不见你心中的目标，你远大的理想，他们也就会以他们的目标和理想来衡量你，限制你，甚至迫害你。他们以亲人恩人的面目出现，打着关怀你、一切都为你好的旗号，根本不听你说。

面对这样的人，你就是伸出乞求的双手说“请你理解理解我吧”，也无济于事。你如果是一个弱者是一个可怜虫，他们反而会大发慈悲，大加施舍，可是现在你却以一个强者的姿态，跑出了他们预想不到的他们难以接受的范围，他们也就要横下一条心对你实行围追堵截了。

你要实现你的人生价值，他们却要维护他们的世俗荣誉。他们没有你站得高，但他们却可以防止你跑得更远。

但你却不忍对他们下手，像他们那样平平常常地活着并没有什么错，错的只是他们竟然成了你的亲人和恩人。他们不能理解你，但你却可以理解他们。

我不知道我今后的结局怎样，我现在所能做到的，就是学着我的一位朋友的样，硬着头皮向世人宣布：我也不乞求理解！

只有自己否定自己，生命之树才能永葆生机

汪逸芳

说到丢弃，就让人想起我们的少年时代，每一粒米都十分宝贵，虽然吃一粒米不会饱肚，但丢弃原本可以饱肚的粮食那就是浪费。从饥饿时代过来的老一辈会说：罪过啦罪过！可是时间并未过去多远，丢弃一些暂时不用的东西，渐渐已习以为常了。在我们家里，只要母亲不在家，就什么都敢丢：剩饭剩菜，旧衣旧袜，或者买了新的就将旧的丢了……倒进垃圾箱时毫无愧疚之心，也不将它与浪费连在一起想，更无“罪孽”感。

曾羡慕一位画家，据说他是最早学会丢弃的人。不少在常人看来样式还十分新、质地也不错的衣裤，只要是不再穿它了，就往垃圾箱里扔，决不费神地去卖几个钱，更不将它当做人情送来送去，因为“送人也麻烦”。记得刚搬家时，每天从一楼走到五楼，总会在中间层次的楼道里愣一下，那只朝天的畚箕里常常有新鲜的西芹、芦笋什么的，看多了就看出了名堂。这户人家是吃什么都图个鲜嫩：青菜吃芯，芦笋吃尖，从不委屈自己的嘴巴。在钱宁的《留学美国》里有一句话：聪明人花银行的钱，不聪明的人把钱存银行“借”给别人花。可不是吗？口袋饱了，为什么不拣最好的？最好的进来了，差的自然要请出门了。台湾作家张继高先生说：“由于任何一种有名堂的浪费在今天都已变得可以容忍——甚至视为当然，已经使我们的社会也逐渐进入所谓‘轻易丢弃的时代’了。”

在快速发展的时代，被丢者如果是物，只是思想和观念，早已变得可以接受了，但如果是人呢？也如张先生所说：“许多四十岁以上的人今天

在心理上面临着一种即将被时代丢弃的恐惧。”电子时代的来临，学术新领域的拓展，一直按照惯性运转的人，其思想与技能未跟上形势，前景自然不看好了。只是一个人的过时不过时与他的年龄没有必然的联系。其实从长远说，被淘汰总是必然的，人生的退休，不也是一种被丢弃？那是被我们赖以安身的工作“丢弃”了，每个活着的人都会有这样一天，就像最后人人都会化作一块碑一把土一样。有人戏称“被彻底开除了球籍”。

有东西可以丢弃的社会是日益走向富足的社会，我们总是会为这样的日子的到来而欢欣鼓舞。有一个成语叫“除旧布新”，而今天则认为新的不来旧的不去，在有限的生存空间里布新蕴含着力的逼迫，有一点冷酷，也有一点无可奈何。有被丢弃的恐惧其实未必是坏事，这是自我面对世界的一种挑战，不进则退，这能培养民族的进取心。只是当被丢弃的对象是自己时，需要有点勇气，更要有点做人的潇洒，而人常常最难面对的是自己。

让自己成为不可替代的人，而不是一枚随意丢弃的棋子

朱克波

蓦然回首，心灵的历程犹如一条小溪，流淌过鲜花环绕的小径，也遭受过沙石的阻挡，每个人的心中总有一些无法抹去的伤痕。

高三那年我以两分之差被挤下了独木桥，可年少轻狂的我没有静下心来，分析一下失败的原因，却固执地认为他们能上大学不过是运气比我好一点罢了，论实力未必就比我强。我怀着这样的心情只身去县一中开始了我的“高四”生活，所以当人家都在“头悬梁，锥刺股”准备卷土重来的时候，我却跟一帮狐朋狗友东游西逛，有时候很晚才从外边回来，看到

教室里的点点烛光，我不禁在心里窃喜：“高四”对于本人而言不过是等待一次考试机会而已，用得着这么拼命吗?

是那年的“一二·九”歌咏比赛改变了我的一切。在比赛前一周的班会上，班主任老黄兴奋地对大家说：“好好练歌，这次我们的队形很新颖，比较有创意，是我花了两个晚上用围棋子一个一个排出来的!”看到平时一板一眼的老黄大反常态，同学们都很纳闷，“是什么队形啊?”教室里顿时沸腾开了。“这是军事秘密哦，不要多问了，到时候男生一律穿黑毛衣，女生穿白毛衣。”到了比赛那天下午，老黄把我们带到教学楼下面的台阶上排队形，只见他拿着一张纸对着上面念着：“一号站这儿，二号站这儿，三号……”最后叫到我时，他对我说：“你跑到50米以外去看我们的队形是什么。”我也正在纳闷，别的班都把女生排前面，男生排后面，看上去很整齐的，怎么老黄把我们班的女生混排在男生中间？教数学的他不会不知道对称美吧。但是当我跑到远处回头看时，才傻了眼：只见那白色的“1、2、9”三个数字在庄重的黑色背景映衬下是那么的醒目。“我看到了！我看到了!”我飞快地跑回来告诉同学们这个发现时，他们也很意外，异口同声地说：“不愧是数学老师啊!”老黄用手托着下巴笑看我们的惊讶，一副悠然自得的样子。

傍晚，当我穿好从老乡那儿借来的黑毛衣赶到会场时，只差几分钟就该我们班上台了，那时我才忽然想起老黄还没安排我站哪个位置呢。后来好不容易在人群中找到了老黄，听完我的问题后他淡淡地说道：“噢，你呀，平时在班上不大见到你，没想到你对这事倒挺积极的!”说到这儿他顿了一下，而我不知道他到底想说什么，也没插话。他嘿嘿地干笑了两声继续说道：“当我最初用棋子排好队形之后才发现我们班的人多出一个，要加进去的话就把整个队形打乱了，我看你很喜欢到外边逛的，所以就……”“够了！我成了一枚你弃用的棋子，对吧?”显然，我的反应这么强烈超出了老黄的意料，他试图解释些什么，但我却头也不回地跑了。

我不知道哪来这么大的火气，其实我对学校的这些活动向来都没多大兴趣，但一想到我是老黄的一枚弃用的棋子时，一种被人轻视的感觉使我怒火中烧，我也知道他是顾全大局，但为什么顾全大局时弃用的棋子就偏偏是我呢？

为什么不是陈刚，他不也成天和我混在一起吗？难道就因为他月考是前五名而我因醉酒考了倒数第五名吗？坐在会场最暗的角落里我不停地问着为什么，同时也第一次认真的反省自己：你不是一直都觉得自己很伟大吗？其实你没什么了不起的，你不过是人家弃用的一枚棋子而已，你深信未来不是梦，但在理想和现实之间还有很长的路要脚踏实地地走！

台上，同学们一出场就赢得了雷鸣般的掌声，特别是那紧扣主题的“1、2、9”给了评委很好的印象，更由于老黄曾细心排练了很多次，再加上那有创意的队形，理所当然，我们班荣获了第一名，领到奖状时同学们都欢呼雀跃。但是，欢乐是他们的，我一个人静静地走出了会场，因为我知道了生活里是没有彩排的，每一天都是现场直播。

接下来的日子没有人知道我是怎样学习的，或许清晨开宿舍门的老大爷知道，或许深夜厕所里那只发黄的灯泡知道，或许周末后山那张石椅也应该知道。当我有丝毫的懈怠时，我就会想到老黄看我时那淡淡的眼神，想到我是他弃用的棋子时更是如芒刺在背。因此，那段日子我脑袋里想的除了学习还是学习，我可以忍受打我骂我，但决不能忍受别人瞧不起我！

也算是苦心天不负吧，当我收到重点大学的录取通知书时并没有太多地惊喜。老黄的班共有 6 人考上了重点大学，再加上被普通大学录取的共有 40 多人，这在小县城来说已经是很好的成绩了。所以庆功宴上他喝得很疯，坚持要和每个人碰杯，轮到我时他什么话也没说，我也什么话也没说，只是他用手搭着我的肩，然后碰杯，然后一饮而尽。

你就是你最大的资产

蒋光宇

那天，全国奇石巡回展览到了大连。我同单位的许多人都去了，其中的一块奇石格外引人注目。这块鬼斧神工的石头是圆形，白色，简直像中秋皎洁的明月，更不可思议的是明月中间竟有一个行书的“寿”字！其颜色同纯正的墨色一样，字迹清晰、苍劲。这神奇的造化之功，实在是令人惊叹、称绝！

我问解说员：“这块奇石是怎么发现的？”

解说员说：“是一位禅师捐献的，起名为‘月寿石’。”接着，绘声绘色地讲了下面这个故事。

捐献“月寿石”的这位禅师很有学问，很有名气，经常有人向他求教。一天，有一位青年问这位禅师：“大师，同我一起获得了博士学位的同学，自身条件都比较接近，可走向社会之后才短短几年，大家的工作和待遇的差别已经拉得很大了。这是为什么？怎样才能使自己的人生价值得到最大化的实现呢？”

禅师为了启发这个年轻人，便把这块“月寿石”交给他，让他去蔬菜市场，试着卖掉它，并特别叮嘱：“不要真的卖掉它。注意观察，多问一些人，然后告诉我在蔬菜市场它能卖多少钱就行了。”

年轻人到蔬菜市场去了。许多人认为它只值几十块钱。年轻人回来后说：“它最多只能卖到几十块钱。”

禅师说：“明天你去黄金市场，问问那里的人。但也不要真的卖掉它，只是问问价钱。”

年轻人从黄金市场回来后，高兴地说："有人乐意出3000块钱。"

禅师说："你有时间再去珠宝商那里问问看……"

年轻人去了，他简直不敢相信自己的耳朵，珠宝商开口居然乐意出5万块钱。年轻人故意抬高价格，珠宝商们出到10万。年轻人坚持不卖，珠宝商们着急地说："我们出20万、30万，或者你要多少就给多少，只要你卖！"

年轻人说："我不卖，只是先问问价钱，待主人同意后再说。"

回来后，禅师拿着"月寿石"说："我根本就不打算卖掉它，只是想让你明白：同样的一块'月寿石'，在不同的地方就有不同的价值；你给自己定位在哪里，你的价值就在哪里。关键是善于经营自己的长处。"

年轻人听后，心领神会，豁然开朗，发自内心地笑了。

生活要求你只选一把椅子坐上去

董保纲

有人曾向一位著名歌唱家请教成功秘诀，他每次都提到自己父亲的一句话。从师范院校毕业之后，痴迷音乐并有相当音乐素养的这位歌唱家问父亲："我是当教师呢，还是做个歌唱家？"其父回答说："如果你想同时坐在两把椅子上，你可能会从椅子中间掉下去，生活要求你只能选一把椅子坐上去。"

只选一把椅子，多么形象而又切合实际的比喻。人之一生，说长也短，不容我们有过多的选择，那些左顾右盼、渴望拥有一切的人，往往因为目标不专一，最终却一无所获。

有一段时间，明星复出成为娱乐圈一大引人注目的景观。许多曾经在娱乐圈里大放光芒而已被忘却的艺人们又纷纷回到幕前“重出江湖”，让观众重温他们的风采。沉寂了十几年的梁小龙再度复出后，他坦诚相告：“年轻那会儿，觉得一辈子就这么干上了演员有点不甘心，想看看自己还有没有其他潜质可以挖掘，结果失败了。我心里总还是挂念着影视发展，所以就又回来拍片了。”说到底，他的回来是在重新寻找自己的“椅子”。

然而值得注意的是，这些复出的明星们，命运却各不同，有的迎来了事业的第二个高峰，更多的则如石沉大海，难以再激起涟漪，甚至使原有的人气也削减了。因为这些明星们离开娱乐圈之后，或经商，或休息，停止了原来的努力，导致思维僵化，因此难有创新，即使复出，很多人的艺术生命力仍不会太长。

在一生中，我们会面临诸多的选择，特别是在涉世之初或创业之始，此时的选择尤为重要。一旦看准了方向，选定了目标就要坚定不移地走下去，哪怕这条路崎岖不平，障碍重重，为众人所不齿。同行者寥寥无几，你都要“板凳坐得十年冷”，忍受孤独和寂寞，朝着一个主攻方向，尤其在诱人的岔路口，你必须不改初衷，有心无旁骛的坚定信仰和超然气度将它走完，一直走进美好的未来。

巴尔扎克曾经不顾家人的反对，立志从事文学创作。然而，在初期创作失败后，为了维持在巴黎的生活，他决定投笔从商，去当出版家。但这个外行的出版家尽受人家的欺骗，很快就失败了。紧接着，他又当了一家印刷厂的老板，可不管他如何拼命挣扎，也还是失败。为此，他欠下了不少债，而且债务越滚越大，以至于警察局下通缉令要拘禁他，他只好隐姓埋名躲了起来。巴尔扎克终于醒悟过来，开始严肃认真地进行写作，成为惊人的高产作家。

只选一把椅子，锁定一种努力的方向，可以决定和影响我们的一生。

千万别让自己打败自己

萧 遥

人生的好多次失败，最终并不是败给了别人，而是败给了我们自己。

某名牌大学毕业的小王进了一家公司。当领导分配她做最基础的工作时，原本很有优越感的她立即觉得自己被大材小用了。一次，在计算收益时，她把一笔投资存款的利息重复计算了两次，虽然最终没有给公司造成实际损失，但整个公司的财务计划却被打乱了。事后，她却很不以为然，觉得只要下次注意就是了。这种态度让主管很不放心，以后再有什么重要的工作，总找借口把她“晾”在一边，不再让她参与了。

上海某著名高校毕业的一位才子的办公桌上堆满了书本、零食、新买的枕头甚至酒瓶等杂物。因为桌子空间有限，才子把过道也发展成了他的仓库。

就这样，没过多久，这位名牌大学毕业的高才生就因为邋遢而与自己的第一份工作拜拜了。

你是世界的唯一，是你最大的资产，千万别跟自己过不去

林润瀚

只要我们投入生活，难免会遇到来自外界的一些伤害，经历多了，自然有了提防。

可是，我们却往往没有意识到，有一种伤害并不是来自外部，而是我们自己造成的：为了一个小小的职位，一份微薄的奖金，甚至是为了一些他人的闲言碎语，我们发愁、发怒，认真计较，纠缠其中，一旦久了，我们的心灵被折磨得千疮百孔，对人世、对生活失去了爱心。

假如我们能不被那么一点点的功利所左右，我们就会显得坦然多了，能平静地面对各种的荣辱得失和恩恩怨怨，使我们永久地持有对生活的美好认识与执着追求。这是一种修养，是对自己的人格与性情的冶炼，也从而使自己的心胸趋向博大，视野变得深远。那么，我们在人生旅途上，即使是遇到了凄风苦雨的日子，碰到困苦与挫折，我们也都能坦然地走过。

正因为那些荣辱得失和各种窘境都伤害不了我们，这就使我们减少了很多的无奈与忧愁，会生活得更为快乐；少了许多的阴影，而多了一些绚烂的色彩。所以，不伤害自己，也是对自己的爱护，是对自己生命的珍惜。

不要伤害自己，也意味着我们需要自愿放弃一些微小的、眼前的利益，使我们不被这些东西网罗住，折腾得伤痕累累，也妨碍了自己的步履。这无疑是一种积极意义上的超脱，从而使自己拥有平和的心境，从从容容、踏踏实实地走那属于自己的道路，做自己该做的大事，进而走向成功，获得更多更有价值的东西。不妨说，不伤害自己，是使自己有所成就的聪明的活法。

真的，在艰难的人生旅途上行走时，我们不妨时常自我叮嘱一声：别伤害自己。

唯有虔诚才能活出真诚的自己

姜维群

现代人缺什么？缺的是虔诚。

什么是虔诚？一言以蔽之，虔诚就是认真到一丝不苟的态度。去过敦煌莫高窟的人都有一种感慨，在那大漠孤烟、荒寂无人的世界，创造了那样辉煌的艺术，靠的是虔诚。虔诚是执着的追求，是始终如一的信念，所以虔诚也是精诚，精诚所至，金石为开。

现代人聪明了，尤其是爱玩弄小聪明的人，大都视虔诚为傻为痴为缺心眼儿。虔诚是倾付一切心血、集中全部精神的事，然而现代人的观点是，以最小的投入去攫取最大的利润。且不论在生意场上算不算投机，即使在官场、情场上这般做也颇令人堪虞。

做官虔诚者不欺君欺民，这样的官常有愚忠之弊。然而这臣不忠，上欺君下骗民，为子不孝糊弄父母，自以为聪明者最后都被当世骂或后世唾。为艺者不虔诚，只想耍弄点小技巧糊弄别人，最终被糊弄的是自己，一生白忙活。虔诚是发自内心的倾慕敬仰，是调动全部身心投入的狂热。现在有些人好求神拜佛，跪在泥塑木偶前一脸虔诚颂祷有词，然而他们虔诚么？这种虔诚不是对神灵的虔诚，而是对自身发财的虔诚，是对自身平安的虔诚，正像许多为官者，对他的上司那般虔诚，其实是对自己的乌纱帽“虔诚”而已。

做人还是要虔诚是指心态而不是形式。真正的虔诚是对工作的敬业，是对他人的真诚，乃为人生一大境界。虔诚不是利益的索取，而是不计较得失的付出，大音乐家常有晚年耳聋失聪者，但仍创作不止；大画家大书法家晚年不乏失明者，但仍挥毫不停，其人生的支撑点在于对艺术的虔诚。人对虔诚越来越远了，认识那些是思维的不健全、智慧的不完满，然而恰恰是这样信念虔诚的人，创造了世界各个领域一个又一个的辉煌。

我们每个人都有长项和弱点，然而虔诚常常弥补弱点弥合缺憾。人生的弱点和缺憾常常是盼望得到害怕失掉，正是在这种患得患失的心态下人们活得那般累那般不自在。虔诚让人们忘掉得失。忘掉得失的人生并不等于不得，终日锱铢必较的人未必不失。虔诚告诉人生这么一个道理，做人虔诚做事虔诚为艺虔诚，此等人交友有真朋友，工作有大成绩，艺事必有大进展。

虔诚是人生的大手笔，小聪明是人生的小刻刀，前者写出的是人生的亮色，后者雕镂的是眼前的实惠。唯有虔诚，能超越困难和借口，活出一个真诚的人，调动出真正大智慧，在红尘滚滚中内心不染埃尘。

人生最大的敌人是自己的弱点，战胜自己才能成功

刘　墉

一位老连长对我说："我只要观察一个兵入营日和退伍日的两件小事，就能知道他的性情，并预测他未来的发展。入营那天，我注意他扫地的动作，如果他对每一个隐蔽不为人注意的角落都不放松，必是一个谨慎、细心、有耐性、肯负责的人；相反的，如果他遇到沟，就将灰土往沟里扫，遇到不显眼的地方就马虎了事，必定会投机取巧，而不能脚踏实地。至于退伍的那天，我则观察他早上起床后所叠的棉被，如果他因为即将离营，而随便叠两下，必是一个苟且、无恒、没有责任感的人；相反的，如果他

仍能一如往日，小心地将棉被叠成豆腐块状，则显示出他对任何事能锲而不舍，坚持到底，未来也必会有所成就。”

由老连长的这番话，我们知道：

发现一个人的惰性不难，只要注意几件小事，便能晓得。

除去一个人的惰性最难，必须改正每一细节，才能成功。

只要有一颗不屈的心，你完全能让自己发光

佚　名

那一码稻草被人们遗忘了，堆在田埂上，像一只浇了水后丢在堤上的桶。

收完了谷，那堆在田里的一捆捆稻草就被人们拖回家去，垫栏或者喂牛，灶里的湿柴燃不着时，也会抽一把塞进灶去，然后哄的一声蹿出火苗。但是这一码稻草却被人们遗忘在田地里了。

或者是一板车拖不下，那板车的稻草已装得像一座山，预备着过几日再来挑回去。但是那板田已耕好，油菜也种上了，人们该忙的已经忙完，那一码稻草却被人们忘记了。

在清寒的晨气中，秋天的阳光抹在田野，也抹在这一码稻草上，于是那枯黄的稻草透出一层明黄，像已经熟透了的季节。放牧的耕牛从田堤上一路啃食而来，这一码稻草就会兴奋地在微风中颤动它的枯叶，似蜻蜓抖动金色的翅膀。然而那耕牛的嘴一路啃来，对着那战栗的稻草望也不望，因为堤旁地上的黄草比它有汁浆。

田里的油菜种上了，又一天天地生长，枯瘦的油菜叶渐渐丰腴而肥

硕，田里的草也长了出来。终于盼来人们到田里为油菜除草——说不定人们会发现这一堆被遗忘的稻草。人们歇息时，会从稻草堆中抽一把稻草垫在堤上，坐下来抽一根烟，或者吃着送到田里的午饭，这时才突然记起来似的说："噢，还有一堆稻草!"这时稻草便会为人们记起它而高兴，垫在堤上的稻草会咔咔作响，让人垫坐得更舒服一些。然而人们留下一些烟灰，撒下几粒米饭，散着一团稻草，走了就不再见踪影。

那一码稻草已为人所遗忘。只有一只铁黑色的鸟常常落在上面，望着这深秋的大地一动不动。这一码稻草已成了时光的看台。风吹，雨淋，金黄的稻草渐渐变得灰白，突然而至的夜降的霜，那堆稻草仿佛一夜间白了须眉。

无遮无拦的稻草，就在田埂中腐烂。高高地如盼望着什么的稻草堆也消磨下去，成了坍颓的一团乱草。一场大雪，欲将大地履为平地。然而那一堆尚没被消磨尽的稻草，却能将压了厚厚一层雪的田埂撑起一个曲线，如阡陌一颗不屈的心，欲破雪而出。

冰雪消融，堤上长出了如针的新草。春天到了，田野还是一片淡青色，但在那堆稻草的地方，腐草中已伸出了一朵油菜花，像一只金色的喇叭，高高昂向天空，报晓这春天的到来。

给自己一个富有个性的回答

佚　名

一千个人眼中就有一千个哈姆莱特，对他悲剧命运的哀伤，对"宇宙的精灵，万物的灵长"的赞叹。

四个不同的几何图形，有人看出了圆的光滑无棱，有人看出了三角形的直线组成，有人看出了半圆的方圆兼济，有人看出了不对称图形独到的美……

同是一个甜麦圈，悲观者看见一个空洞，而乐观者却品味到它的味道。

同是交战赤壁，苏轼高歌“雄姿英发，羽扇纶巾，谈笑间樯橹灰飞烟灭”；杜牧却低吟“东风不与周郎便，铜雀春深锁二乔”。

同是“谁解其中味”的《红楼梦》，有人听到了封建制度的丧钟，有人看见了宝黛的深情，有人悟到了曹雪芹的用心良苦，也有人只津津乐道于故事本身……

测量一栋大楼的高度，有人利用太阳下的阴影，通过三角函数的关系简单算出；有人用绳子与楼房比较，然后测绳子长度；有人用气压计，从楼底到楼顶，通过气压变化来计算；也有人询问楼房管理员……

问题的出现是一个起点，问题的解决则是终点，过程则不唯一。认识事物的角度、深度不同，解决问题的方法就自然不相同。正所谓，有什么样的世界观，就有什么样的方法论。

不妨引用苏轼的诗句“横看成岭侧成峰，远近高低各不同”。生活是一个多棱镜，总是以它变幻莫测的每一面反照生活中的每一个人。不必介意别人的流言蜚语，不必担心自我思维的偏差，坚信自己的眼睛，坚信自己的判断，执着自我的感悟。用敏锐的视线去审视这个世界，用心去聆听、抚摸这个多彩的人生，给自己一个富有个性的回答。

凡事只有全力以赴，才能发挥我们最大的潜能

佚 名

一天猎人带着猎狗去打猎，猎人一枪击中了一只兔子的后腿，受伤的兔子开始拼命奔跑，猎狗在猎人的指示下飞奔着去追赶兔子。可是追着追着，兔子就不见了，猎狗只好悻悻而回。猎人开始骂猎狗："没用的东西，连一只受伤的兔子都追不上。"猎狗听了很不服气："我尽力而为了呀!"兔子带伤终于跑回了洞里，它的同伴在庆幸的同时感到很惊讶："那只猎狗那么凶，你还受了伤，怎么跑得过它的?""它是尽力而为了，我是全力以赴，它没追上我最多挨一顿骂，而我若不全力以赴的话，就没命了。"

人本来是有很多潜能的，但是我们往往会给自己找一些借口："管它呢，我已经尽力了。"事实上，尽力而为是远远不够的，尤其是在这个竞争激烈的年代。想到这儿，我不禁又记起了曾经报道过的一个科学家的实验：一个科学家把一只健康的青蛙突然扔进滚沸的开水中，这只青蛙一跃而起，从沸水中逃离出来且性命无虞；而若把青蛙放入水中，当把水慢慢加热，这只可怜的青蛙却全然未觉，在水中悠闲地游来游去，等到它发现危险时，已经无能为力了。

大石拦路，勇者视为前进的阶梯，弱者视为前进的障碍。社会在日新月异地变化，迅猛发展的科技不会因任何人的踌躇不前而停下前进的步伐。不思进取，只能像这只青蛙那样被安逸的环境所埋葬。

我常常问自己：我今天是尽力而为的猎狗，还是全力以赴的兔子?

珍惜你的拥有，因为幸福犹如人们定做的鞋子，只适于自己

佚　名

有两只老虎，一只在笼子里，一只在野地里。

在笼子里的老虎三餐无忧，在外面的老虎自由自在。两只老虎经常做着亲切的交谈。

笼子里的老虎经常羡慕外面老虎的自由；外面的老虎却羡慕笼子里老虎的安逸。一日，一只老虎对另一只老虎说："咱们换一换。"另一只老虎同意了。

于是笼子里的老虎走进了大自然，野地里的老虎走进了笼子。从笼子里走出来的老虎高高兴兴，在旷野里拼命地奔跑；走进笼子里的老虎也十分快乐，它再不用为食物而发愁了。

但不久两只老虎都死了。

一只是饥饿而死，一只是忧郁而死。从笼子中走出的老虎获得了自由，却没有同时获得捕食的本领；走进笼子里的老虎获得了安逸，却没有获得在狭小空间生活的心境。

许多时候，人们往往对自己的幸福看不到，而别人的幸福却很耀眼。想不到，别人的幸福也许对自己不适合，更想不到，别人的幸福也许正是自己的痛苦。

一个人不怕拔高，就怕找不到生命的制高点

栖　云

森林中举办看谁“大”比赛。老牛走上擂台，动物们高呼：大。大象登场表演，动物也欢呼：大。这时，台下角落里的一只青蛙气坏了，难道我不大吗？青蛙嗖地跳上一块巨石，拼命鼓起肚皮，并神采飞扬地高喊：我大吗？

不大。传来一片嘲讽之声。

青蛙不服气，继续鼓肚皮。随着“噜”的一声，肚皮鼓破了。可怜的青蛙，至死也不知道它到底有多大。

我的一位朋友，是个登山队员，一次他有幸参加了攀登珠穆朗玛峰的活动，在6400米的高度，他体力不支，停了下来。当他讲起这段经历时，我们都替他惋惜，为何不再坚持一下呢？再攀一点高度，再咬紧一下牙关。

“不，我最清楚，6400米的海拔是我登山生涯的最高点，我一点都没有遗憾。”他说。

我不禁对他肃然起敬。联想起人生，一个人不怕拔高，就怕找不到生命的制高点。任何事情都存在突破口，但不是任何人都能够穿越突破口，抵达更高的层次。如果说挑战是对生命的发扬，那么明智该是另一种美好的境界，是对生命的爱戴和尊敬。一个不懂得珍惜生命的人，命运会给予他惩罚。

那样，揣一根坐标尺上路该是何等重要！它能督促我们不懈努力地攀

登，又能提醒我们恰到好处地戛然而止。

仰之弥高，那是笨蛋的愚蠢和贪婪。一个智者，此时此刻，也许悠然而从容地下山去了。

第二章　让生命之花向着阳光开放

生命的价值不在活多久，而在于怎么活

梅　资

一日打开某本杂志，读到了这样一则民间故事：一个富翁和一个穷汉相逢了，富翁说："我非常珍惜自己的财富，不敢轻易挥霍一分钱，因为挥霍财富就等于挥霍生命。"穷汉接过话题说："我非常珍惜自己的生命，不肯有一时半刻的懈怠，因为浪费时光等于浪费财富。"富翁一直小心翼翼地守护着自己的财富过日子，而穷汉则用一切机会寻找财富的源泉。10年过去了，那富翁变成了穷汉，而穷汉却变成了富翁。

时不时，我把这则故事从心底翻出来咀嚼玩味一番，觉得越嚼越有滋味。两种说法，两种不同的人生理念。

如若硬要判别两种说法孰是孰非，依我的理解，两种说法都没错。富翁所说的道理在于，他创业成功，深知财富的来之不易，珍惜财富确实等于珍惜生命。人在工作中创造财富的同时，也消耗了有限的生命，财富事实上等于生命价值的累积。穷汉的话与富翁的说法有异曲同工之妙，财富

靠生命去创造、换取，浪费了生命与浪费财物何异？

然而，10 年之后的结局为何却有那么大的差异？富翁变穷汉，穷汉成富翁，整个乾坤全颠倒了呢？问题是，富翁把财富视作生命，无形中让财富束缚了生命的活力，使得生命成了财富的奴隶。而穷汉珍惜生命，目的是为了创造财富，那么，他无形中便成了财富的主人。生命的意义在于创造，如果丧失了创造功能，那么，生命也就成了一种累赘。失去了创造活力的生命怎么能不枯萎呢？相反，充满了创造活力的生命能不兴旺发达吗？因此，富翁变穷汉，穷汉成富翁绝非偶然，也不是命运使然，而是一种带规律性的必然结果。

哲人告诉我们：生命的价值，不在于能活多久，而在于怎么活，所说的就是这个真理。善待生命，把生命的每一份光辉都用于创造，那么，生命的价值也就体现得淋漓尽致了。

善待生命，
最好用柔韧作心灵的防护网

若风尘

舅舅喜欢用深山里的龙须藤编织栗篮，而我对龙须藤是不屑一顾的，认为它过于柔软，是那种攀附在树身上的寄生藤，没有骨气。于是，编篮时，我执意选择一种径直向着阳光生长的荆条，阳刚而秀颀。

篮子编好后，就派上了用场。采板栗时通常要从高高的栗子树上抛下来，不几天，我编的荆条篮就因反复撞击坚硬的岩石而变形溃散。令人惊奇的是，舅舅编的篮子却完好如初。看我迷惑不解的神情，舅舅微笑着说：“有时候，柔韧比刚硬更具优势，如这两只篮子，当牢固结实的荆条篮被摔得崩溃、断裂时，柔韧无比的龙须藤篮却伸屈自如，不折不挠。”

如果生命也是一只篮子，如果它正遭遇苦难、挫折的撞击，我们也许宜选择柔韧来做心灵的防护网，它比刚强的对抗更不易受伤，更能承受命运的挤压。

生命中最美的鲜花，总是盛开在挥汗如雨的奋斗历程中

佚　名

生命的美丽，永远是展现在她的进取之中，像大树的美丽，是展现在它负势向上高耸入云的蓬勃生机中；像雄鹰的美丽，是展现在它搏风击雨如苍天之魂的翱翔中；像江河的美丽，是展现在它波涛汹涌一泻千里的奔流中……

足球运动在世界上造就了那么多的球迷和热爱者，它的魅力究竟在哪里？当你置身绿茵场中，看到足球运动员那如旋风一样，在围追堵截中呼啸向前的推进，看到他们一次次在门前如狂飙般的进攻，看到他们在场中如蛟龙如猛虎般的拼抢，你不是也会为这场面激动得热血沸腾不能自已吗？你这不是正为这生命的力量之美、进取之美和智慧之美而陶醉着吗？

一次，有人问大发明家爱迪生："你一生中最值得回忆的是什么？"爱迪生回答说："最值得回忆的是我无数次对失败的超越，是我对发明创造的渴望，是我面对挑战从不动摇信念的意志，是我有一颗从不向困难低头的心！一个人的生命最美丽的时候，不是在他享受成功鲜花的时候，而是在他默默地奋斗和经受命运考验的时候！"正是基于他对生命之美的这一信念，所以，为了使电灯能够照亮这个世界，他竟实验了上千次之多……

我们的生命不是天地间的过客，也不是时光的影子，我们的生命是自

然的花朵，是岁月的果实，我们是宇宙间充满激情、梦想、力量和智慧的创造者，我们正以自己的奋斗展现着人类生命的美丽。

生命因其本身不屈让热爱生命的人为之折服

孙盛起

早就想带儿子爬一次山。这和锻炼身体无关，而是想让他尽早知道世界并不仅仅是由电视、高楼以及汽车这些人工的东西构成的。只是这一想法的实现已是儿子两岁半的初冬。

初冬的山上满目萧瑟。刈剩的麦茬已经黄中带黑，本就稀拉的树木因枯叶的飘落更显孤单，黄土地少了绿色的润泽而了无生气。置身在这空旷寂寥的山上，更多感受到的是一种原始的静谧和苍凉。

因此，当儿子发现了一只蚂蚱并惊恐地指给我看时，我也感到十分惊讶。我想这绝对是这山上唯一至今还倔强活着的蚂蚱了。

我蹑手蹑脚地靠过去。它发现有人，蹦了一下，但显然已很衰老或孱弱，才蹦出去不到一米。我张开双手，迅疾扑过去将它罩住，然后将手指裂开一条缝，捏着它的翅膀将它活捉了。这只周身呈土褐色的蚂蚱因惊惧和愤怒而拼命挣扎，两条后腿有力地蹬着。我觉得就这样交给儿子，必被它挣脱。于是拔了一根干草，将细而光的草秆从它身体的末端插入，再从它的嘴里捅出——小时候我们抓蚂蚱，为防止其逃跑，都是这样做的，有时一根草秆上要穿六七只蚂蚱。蚂蚱的嘴里滴出淡绿的液体，它用前腿摸刮着，那是它的血。

我将蚂蚱交给儿子，告诉他："这叫蚂蚱，专吃庄稼的，是害虫。"

儿子似懂非懂地点头，握住草秆，将蚂蚱盯视了半天，然后又继续低头用树枝专心致志地刨土。儿子还没有益虫、害虫的概念，在他眼里一切都是新鲜，或许他在指望从土里刨出点什么东西来。

我点着一支烟，眺望远景。

“跑了！跑了！”儿子忽然急切地叫起来。

我扭头看去，见儿子只握着一根光秃秃的草秆，上面的蚂蚱已不翼而飞。我连忙跟儿子四处寻找。其实蚂蚱并未逃出多远，它已受到重创，只是在地上艰难地爬，间或无力地跳一下，因此我未走出两步就轻易地发现了它，再一次将它生擒。我将蚂蚱重新穿回草秆，所不同的是，当儿子又开始兴致勃勃地刨土时，我并没有离开，而是蹲在儿子旁边注视着蚂蚱。我要看看这五脏六腑都被穿透的小玩意儿究竟用何种方法竟能逃跑！

儿子手里握着的草秆不经意间碰到了旁边的一丛枯草。蚂蚱迅速将一根草茎抱住。随着儿子手的抬高，那穿着蚂蚱的草秆渐成弓形，可是蚂蚱死死地抱住草茎不放。难以想象这如此孱弱和受着重创的蚂蚱竟还有这么大的力量！儿子的手稍一松懈，它就开始艰难地顺着草茎往上爬。它每爬行一毫米，都要停下来歇一歇，或许是缓解一下身体里的巨大疼痛。穿出它嘴的草秆在一点儿一点儿缩短，而已退出它身体的草秆已被它的血染得微绿。

我大张着嘴，看得出了神。我的心被这悲壮逃生的蚂蚱强烈震撼。它所忍受的疼痛我们人类不可能忍受，它的壮举在人世间也不可能发生。我相信我正在目睹着一个奇迹，一个并非所有人都有幸目睹的生命的奇迹。当蚂蚱终于将草秆从身体里完全退出后，反而腿一松，从所抱的草茎上滚落到地上。它一定是精疲力竭了。生命所赋予它的最后一点儿力量，就是让它挣脱束缚，获得自由，然后无疑地，它将慢慢死去。

儿子手里握着的草秆再没有动。我抬眼一看，原来他早已如我一样，呆呆地盯着蚂蚱的一举一动，并为之震惊。

我慢慢站起来，随即向前微微弯腰。

儿子以为我又要抓蚂蚱，连忙喊：“别，别，别动它！它太厉害了！”

我明白儿子的意思。他其实是在说：“它太顽强了！”

儿子大概永远也不会明白我弯腰的意思。我几乎是在下意识地鞠躬，向一个生命、一个顽强的生命鞠躬。

生命太短促了，不能因小事摧残我们的生命

（美）卡耐基

这是一名美国青年罗勃·摩尔讲述的故事：

1945 年 3 月，我在中南半岛附近 84 米多深的海下潜水艇里，学到了一生中最重要的一课。当时我们从雷达上发现一支日军舰队朝我们开来，我们发射了几枚鱼雷，但没有击中任何一艘舰只。这个时候，日军发现了我们，一艘布雷舰直朝我们开来。3 分钟后，天崩地裂，6 枚深水炸弹在四周炸开，把我们直压到海底 84 米多深的地方。深水炸弹不停地投下，整整持续了 15 个小时。其中，有十几枚炸弹就在离我们 15 米左右的地方爆炸！真危险呀！倘若再近一点的话，潜艇就会炸出一个洞来。

我们奉命静躺在自己的床上，保持镇定。我吓得不知如何呼吸，我不停地对自己说：这下死定了……潜水艇内的温度超过40℃，可是我却怕得全身发冷，一阵阵冒虚汗。15 个小时后，攻击停止了，显然是那艘布雷舰在用光了所有的炸弹后开走了。

这 15 个小时，我感觉好像有 1500 万年。我过去的生活一一浮现在眼前，那些曾经让我烦忧过的无聊小事更是记得特别清晰——没钱买房子，没钱买汽车，没钱给妻子买好衣服，还有为了点芝麻小事和妻子吵架，还

为额头上一个小疤发过愁……

可是，这些令人发愁的事，在深水炸弹威胁生命时，显得那么荒谬、渺小。我对自己发誓，如果我还有机会再看到太阳和星星的话，我永远不会再为这些小事忧愁了！

若生命倒计时，有多少人将成为伟大的人物

苇　笛

非洲有一个民族，婴儿刚生下来就获得60岁的寿命，以后逐年递减，直到零岁。人生大事都得在这60年内完成，此后的岁月便颐养天年了。

从某种意义上说，人生不过是我们从上苍手中借来的一段岁月而已，过一年还一岁，直至生命终止。可惜我们常会产生这样一种错觉：日子长着呢！于是，我们懒惰，我们懈怠，我们怯懦……无论做错什么，我们都可以原谅自己，因为来日方长，不管什么事放到明天再说也不迟。

直到有一天，死亡的阴影笼罩着我们时，我们才悚然而惊：糟了，总以为将来还长着呢，怎么死亡说来就来了！那些未尽的责任怎么办？那些未了的心愿怎么办？那些未实现的诺言怎么办……还能怎么办？面对死亡通知书，人类只能踏上那条不归路。追悔也罢，遗憾也罢，那个早已写好的结局无人能更改。临终之前，也许人们会在模糊中想起"譬如朝露，去日苦多"的感叹，想起"少壮不努力，老大徒伤悲"的教诲，可一切，都悔之晚矣。

此时让我们想想那个倒着计岁的非洲民族。生命既是借来的一段光阴，当然是过一天少一天了。而面对自己日渐减少的寿命，谁又能无动于

衷呢？

生命倒计时，一个多么有必要的提醒。面对有限的时光，我们理应善加利用。于是，我们将手中事务打理清楚，分出轻重缓急，再一一安排妥当。当我们的生命只剩下短短几年、几个月甚至几天时，有谁舍得将时光浪费在鸡毛蒜皮中？有谁舍得将精力花在流言蜚语上？如此宝贵的时光，只能用在重要的事情上。这样当预定的终点到达时，心中才不会有太多遗憾。

生命倒计时常让我想起电话磁卡。当我们将磁卡插入话机时，显示器立刻显示出卡中数值，随着通话时间的延长，卡中数值不断减少。面对不断缩小的数字，下意识地，你会提醒自己：长话短说，别浪费钱。因为那些变化的数字如同一双眼睛，提醒着你，最终让你三言两语结束通话。

生命不也如同一张小小的磁卡吗？所不同的只是，我们常会忘了，在我们大脑中也有个显示器，告诉我们有限的时光还剩多少。而当生命倒着计时，那年年减少的数字，便会提醒我们——来日不多，该做的事情得赶紧去做。

生命的本质，是舞蹈是快乐

楚　女

夜幕降临，对门那人家又传出熟悉的和生疏的音乐，响起时紧时缓的舞蹈脚步。那是一对才搬来的残疾夫妻，男的一双脚掌向后撇，女的是哑巴。那天初次见到他们时，一股怜悯之情在我心头升起：这样的人生、这样的家庭，该怎样艰难！这不是我鄙视他们，我认为作为一个正常人，是应该有一点这样的怜悯之心的。

但接下来的事实却让我大吃一惊。这些天来，他们的那些残疾人朋友络绎在夜幕之后前来集会，空气里传来他们的音乐、舞蹈和欢笑。我看不到他们的表情，但我可以感觉到他们的舞蹈火一般忘情、热烈。

面对着这样的一群人，我感到世上所有的词汇都变得苍白、不贴切，只有用火的舞蹈才恰如其分。火在舞蹈，那扭动、变形的舞姿是火的生命的张力的表达。燃体在火的舞蹈中发出毕毕剥剥的吟唱。燃体不尽，火的舞蹈不停。

熟悉的或陌生的音乐像一支焰火，一下子照亮了我记忆的天空。我透过遥远岁月重又看到生命在另一种形式下的舞蹈：那是在一座简陋的砖瓦窑，我 30 年前下放劳动的地方。窑师傅的小女儿才七八岁，就开始帮大人做事了。这个小姑娘一身衣服缀满补丁，正当读书和游戏的年龄，就过早地承担了生活的艰辛。当时我也以怜悯的目光注视这个小女孩，但艰辛的劳动在小女孩身上却成了舞蹈，她蹦蹦跳跳舞着工具，全无一点悲愁。她一下子就让我陷入对生命的沉思和叩问：生命的本质是什么？是什么让生命以这样欢乐的形式前行的？

用童心无邪、用不谙世事、用乐观主义来解释都是不够的。上苍仿佛有意安排，让我看到不同形式的两次生命的舞蹈。生命从一降生，就穿上了一双红舞鞋。这是生命的本质，是人在任何艰难困苦的情况下都会歌唱、都会欢乐的原因。

人类的生命史穿越了数千年，其间战争、灾难、病痛、死亡都阻挡不了生命欢乐的舞蹈。废墟上一次又一次出现辉煌的殿宇，灾难之后，人类又一代代繁衍生息。没有畏惧、从不悲观，生命就这样一路舞着唱着前行，这一切都因为生命的本质就是舞蹈。

年轻是束火焰，燃烧是唯一的语言与豪情

罗　西

在南极，细菌几乎无法存活，所以考察队员即使受凉也不感冒，十分平安。可是，考察队员们一返回“尘世”，便纷纷发烧感冒、拉肚子。医生解释说，长期在无菌条件下，人体防御系统处于放松、平和状态，人的抵抗力因得不到锻炼而降低。

确实，人是在战斗中成长的。而年轻更是意味着挑战、考验与磨难。

我可以平平淡淡，但不要平平淡淡。我要的是轰轰烈烈，是生命中最激昂的那首进行曲，而不是小夜曲。

人不轻狂枉少年。

血性、气盛，甚至冲动，是因为年轻。我可以谅解并正视所有的失败，但从不原谅自己的懦弱。我要良知、智慧，也要勇敢、冒险、竞争，和所有因冲锋陷阵而犯下的失误。

不甘平庸，是年轻的宣言；有棱有角，是年轻的风貌。逃避磨炼，苟且偷安，其实是无能为力，是自欺欺人，是一种斗志的退化。

年轻无须唱“平平淡淡才是真”，年轻应该是一束火焰，轰轰烈烈地燃烧是唯一的语言与豪情。

让生命之花
永远向着阳光开放

杨嘉利

我永远忘不了18岁那年所经历的一幕：当我敲开成都一家报社编辑部的门时，几个年轻的女编辑竟被我的样子吓得跑了出去……

我常想，我这一生最大的不幸就在于我肢体严重残疾却有一个健全的大脑。

半岁时，一场高烧差点儿夺去了我的生命。医生曾好心地对母亲说：“这孩子肯定终生残疾了，与其让他痛苦你们也痛苦，不如算了……”母亲明白医生的意思，可她还是哭着恳求：“救救这个孩子吧，不管他残成什么样，我都会养他一辈子！”

我奇迹般地活了下来。但由于小脑神经受到损伤，我像医生说的一样成了残疾：双手不能自由伸屈；嘴斜了，失去了准确的发音；脚也跛了，走路一瘸一拐……四五岁前的我完全是在床上和父母的背上度过的。直到6岁，我才开始蹒跚学步。那时的白天，父母上班，两个姐姐上学，家里只有我一个人，门反锁着，我的世界只是一个不足10平方米的小屋，阳光离我很远……

到了上学的年龄，父亲带着我到学校报名。老师说：“这孩子残疾比较严重，还是等他长大一些再来报名吧！”这以后，每一个学年，父亲都带我去报名，但没有一次报上。

我一直记得在我12岁那个9月，父亲又带我去学校。已经有些懂事的我哭着求老师：“收下我吧，我会好好学的！”父亲也说：“收下这孩子吧，他做梦都想读书啊！我和他妈妈每天可以按时接送他，他的两个姐姐可以照顾他上厕所，不会给学校添麻烦的。”看得出，老师被感动了，她用手轻轻擦去我的泪水，说：“孩子，不要哭，我们收下你！”然后将我的名字填写在了新生入学登记表上。我终于要上学了！母亲高高兴兴地给我买了书包和文具。但到学校公布一年级新生的名单时，还是没有我。看见我伤心，母亲安慰我：“小三，你是个和别的孩子不一样的人，你不可能像人家那样去生活……要是你真想读书，爸爸妈妈在家教你。”就从那天开始，我走上了自学之路……

父母都只有小学文化。每天晚上，他们轮流给我上课，一个教语文，一个教数学，两个姐姐也在做完功课后为我批改作业。我的右手不能拿笔，我就锻炼着用稍稍灵活一些的左手写字。也许是因为我的年龄大了，理解能力较强，小学六年的课程，我竟只用了一年多的时间就全部学完，然后又开始中学阶段的自学。父母没有能力再教我了，两个姐姐也相继升入高中，紧张的学习使她们再没有时间来辅导我。于是，我只好自己啃姐姐们用过的课本……

1986 年，我 16 岁了。春节前的一天，我到离家不远的新华书店买书。回家途中路过烈士陵园，我不由自主地走了进去。天空下着毛毛细雨，面对一座座无声的墓碑，我心中忽然生出一种空灵、肃穆的感觉，强烈地涌起了要表达自己的冲动。回到家，在一张废纸上，我写出了生平第一首“诗”。此后，写诗就成了我生活中不可或缺的内容，我在文学的世界里寻找着心灵的慰藉和生命的意义。

然而，写作也并不像想象的那样容易。对于我，最大的困难首先是写字。我每写一个字都十分吃力，写字的速度总跟不上自己的思维，那种感觉苦不堪言。我有个小纸箱，里面装满了退稿。这些稿件经过漫长的周游又回到了我手里成为废纸，这对每写一个字都很困难的我是多么痛苦的事啊！许多时候，母亲不忍看我一次又一次失败，对我说：“算了吧，我们再想别的办法。”可我不愿放弃，再难也一直坚持……

两年后，我的一首题为《回顾》的小诗终于在一家青年报上发表了！当样报寄来，看着自己的变成了铅字的诗作，我喜极而泣。

自从发表第一首诗后，我便一发而不可收，印有我名字的作品陆续在多家报刊上登出。1993 年，家里在经济条件并不宽裕的情况下，筹钱为我自费出版了诗集《青春雨季》；1994 年，我的诗集获得了成都市“金芙蓉文学奖”；1996 年，我又被四川省作家协会吸收为会员。到今天，我已在全国 100 多家报刊发表了 300 多首诗和 150 多万字……

今年我 30 岁，我知道，在以后的岁月，还会有更多的苦难和伤痛等着我，但我生命的花朵，既然从一开始就是在阳光之外开放，我已经没有什么可以畏惧！

命运因灵机一动而改变

晋　军

古时有位北方商人到南方贩茶叶，当他历尽艰辛到达目的地时，当地茶叶早已被其他商人抢购一空。情急之中，他突然心生一计，将当地用来盛茶叶的箩筐全部买下，当其他商人准备将所购茶叶运回时，才发现已无箩筐可买！无奈只得求助于这位商人。结果这位北方商人轻而易举地在想赚钱的人身上赚了一大笔，还省下了往北方运茶叶的运费和麻烦，直接将钱带回了家。

欧洲某地一书店有三种书积压甚多，就在经理决定削价出售之时，有位员工献了一计，将此书送给总统一本。过了几天，书店便派人催问总统“看了有何感受?”总统因忙于公务根本无暇看书，只得礼节性地说了一句“此书不错”。书店如获至宝，马上打出“总统最喜欢看的书”的牌子，很快出售一空，不久，这家书店又如法炮制，把第二本书送给总统，总统得知上次被人利用，这次没好气地说：“此书糟透啦!”不料这比上次更管用，人们纷纷抢购，要看看“总统最讨厌的书”究竟是个什么样；当书店将第三本滞销书拿到总统面前时这次总统一言不发了。谁知这又成了最成功的广告——“总统懒得看一眼的书!”至此，多年积压的书全部都变成了钞票。

这一故事是否真实并不重要，当它是一则寓言也未尝不可。重要的是它能让我们得到一些启示：“山重水复疑无路”与“柳暗花明又一村”在多数时候总是形影不离。

由买茶转为买装茶叶的箩筐，由削价书变成畅销书，四两拨转了千斤，灵机一动其实也是一种观念的转变。在很多时候，成功与失败之间只有一步之遥甚至一纸之隔，只是这“一步”或“一纸”不一定在您的正前方，它可能在您的左边或右边，还有可能在您的身后——这时不妨蓦然左顾蓦然右盼蓦然回首一下，说不定转机就在这一刹那。

我们无法改变我们的出身，但我们有信心改变我们的命运

佚　名

好几年前，一位重要人士准备对南卡罗来纳州一个学院的全体学生发表演说，我前往听讲。那个学院不大，我到场时整个礼堂坐满了兴高采烈的学生，大家都对有机会聆听这位大人物的演说兴奋不已。经过州长简单介绍，演讲者走到麦克风前，眼光对着听众，由左向右扫视一遍，然后开

口道：

“我的生母是聋子，因此没有办法说话；我不知道自己的父亲是谁，也不知道他是否在人间。我这辈子找到的第一份工作，是到棉田去做事。”

台下的听众全都呆住了。“如果情况不尽如人意，我们总可以想办法加以改变。”她继续说：“一个人的未来不怎么样，不是因为运气，不是因为环境，也不是因为生下来的状况。”她轻轻地重复方才说过的话：“如果情况不尽如人意，我们总可以想办法加以改变。”

“一个人若想改变眼前充满不幸或不尽如人意的情况，”她以坚定的语气向下说，“只要回答这个简单的问题：‘我希望情况变成怎么样?’然后全身心投入，采取行动，朝理想目标前进即可。”

接着她的脸绽现出美丽的笑容：“我的名字是阿济·泰勒·摩尔顿，今天我以美国财政部长的身份，站在这里。”

生命的挣扎虽然痛苦，但蜕变出生命的美丽

思　苇

那是一个初冬的早晨，呼呼的北风将太阳的光芒吹得柔弱无力，法桐的落叶被来往的车辆碾压着飞卷着，有的已经零落成泥。寒意使匆匆赶路的人们萎缩着，情不自禁裹紧了大衣。我正将头缩进衣领里走着，忽然听到一个怯怯的声音，先生，要买画儿吗?一个中年男子出现在我的前侧，目光中含着祈求。仔细看时，一脸的胡子，像秋天的荒草，身上背着一个编织袋缝制成的大包裹，卷着被褥，这之上，是一个破旧的画夹。承担这一重负的是有些孱弱的躯体，说他孱弱，不但是因为它的苍白和瘦弱，还有就是他不得

不依靠一根拐杖保持平衡，因为他的左腿不知丢失在了什么地方。

在小城的路上行走，你经常会遇到一双乞讨的手执拗地挡住你的去路，大有不达目的誓不罢休的意味，让你的同情心在一次次或甘心或不甘心的施舍后逐渐变得麻木。这位中年男子很显然没有把自己沦为乞讨为生的一列，我有些惊奇了。

我说好啊！这位男子于是很惊喜的样子，将背上的行李很艰难地放下来，用手提了一下裤子——我看到将裤子捆在身上的是一根尼龙绳。他坐在行李上，将拐杖放在一旁，把画夹支在那根健全的腿上，说，我为你画素描，一会儿就行。

果不其然，画一会儿就完成了。很简单的几笔，画上的人物大众化的面孔，找不出我的特征，我虽然不懂绘画的妙处，但这画儿实在不敢恭维。他要两块钱，我给了他五块，他执意不肯，说，老弟，我不是乞讨的。说完一笑，这笑声透过胡子，变成水气，在空中手舞足蹈。

他又上路了，艰难地背起行李，架着拐杖，一蹦一跳地走进不断伸展的街道里，融入初冬的一片萧索之中。我呆呆地望着他的背影，一个词语忽然冒上我的心头：挣扎。

我没有问过他的身世，不知道这七尺之躯曾经饱受过怎样的屈辱与压抑，但他这种不向生命低头、不向生活乞讨的精神却使我深深地震撼了。这是一个真实意义的生命，完整的高贵的生命。是的，真正的生命决不在乎命运的摆布，无论何时何地，他都保持着生命的本色和灵魂的高贵，而不容亵渎。愈挫愈奋，越是困境就越是挣扎，卑微的生命因此散发出夺目的光辉。

挣扎首先是对命运的抗争。老子有句发人深省的话，天地不仁，视万物为刍狗。任何生命的个体相对于浩渺的宇宙，都是那么微不足道。当我们小心翼翼、认认真真又信心百倍地为我们的明天放飞美丽的憧憬时，很多猝不及防的打击和挫折不知从哪个角落里冒出来，同我们不期而至，让我们的躯体和心灵承受生命超常的重量，把明天触手可及的美好变为镜花水月般模糊和遥远。有多少人，因此消沉，自暴自弃，甚至选择极端的方式了结生命。

鲁迅说，真正的勇士，敢于直面惨淡的人生。这勇士便是在逆境中的挣扎者。只有挣扎会使山穷水尽变得柳暗花明，会使悲剧性的生命变得悲壮而伟大。截瘫的史铁生坐着轮椅讲述遥远的清平湾的故事，是挣扎；残臂抱笔的朱彦夫写出 30 万字的极限人生，是挣扎；面对瘫痪不哭的桑兰用迷人的微笑征服了全世界，也是挣扎。没有挣扎就没有盲人阿炳如泣如诉的《二泉映月》，就没有陆幼青死亡日记的生命回忆。

真正的挣扎，不仅仅是对躯体残缺和病痛的抗争，更多的是对灵魂的升华和改造。

平凡是一种风度，生命的辉煌就寓于这风度之中

吴晶洁

日子就这么悠悠地往前奔去，清清淡淡，平平凡凡，如水长流。在这些庸常的日子里，凡人亦悠悠，悠出自己的风度来。

世事纷繁，岁月骎骎，惊世骇俗、惊天动地者寥若晨星，大多数人如我一般走不出平凡，又乐于在平凡之旅中默默行走。

凡人在平平淡淡、从从容容地气魄中，领略所有现实中追求人生的生命象征，顶狂风、战恶浪，善解人意，宽厚豁达，懂得珍重别人，学会请求原谅，也会原谅别人的过失，重事业、重友情，喜欢高山流水，喜欢四季风景，活出的是唯一的自己、潇洒的自己。人世无常，人情百态，看淡

看轻，乐又何妨，怒又何妨？

平凡不仅是一种风景，而且还是一团直逼心灵的威仪，它饱经风霜赢得人们以虔诚的心去探寻生命的意义，以此来证明一个平凡而又非凡的真理：平中有奇，凡而不俗。

平凡人自有自己的乐趣，我们在平淡的心绪中听音乐，或者以平淡的心境去欣赏碎雨敲窗，一任浮想联翩，这时，总有一种平淡如水的心情在这种氛围里，平凡得使人更想体味生活，热爱生命，平凡得使人更加珍惜这种独特的心境。

平凡是一种境界。

大地平凡，你会惊诧这平凡中的美丽。

季节平凡，你会发现这平凡中的永恒。

生命平凡，你会体味到这平凡中的珍贵。

在这种平凡的境界中，我们行得正、走得稳，高视稳步，坦坦荡荡，行进在生命的道路上，以凡人的追求、凡人的生活方式去感受世界，重新开拓生命的价值和意义。

平凡也是一种风度。

平凡的温暖，裹紧我们的饥寒。

平凡的文明，遮住我们的纯朴。

平凡的精神，支撑我们的灵魂。

生命的辉煌就在于这种风度之中。乐为平凡之辈而不落入平庸之流，不甘屈辱，不甘沉默。生命即使没有英名彪炳史册，为后世人所仰慕，却也无不让人感到一种生存的神圣与尊严，一种轰轰烈烈的大恨大爱。

只要拥有生命，就拥有与生命相连的爱、歌声、庄严、伟大

林清玄

我常觉得，生命是一项奇迹。

一株微不足道的小草，竟开出像海洋一样湛蓝的花。

一双毫不起眼的鸟儿，在树头唱出远胜小提琴的夜曲。

在山里完全没有人看见的地方，一棵大树几千年自在地生长。

在冰雪封冻的大地，仍有许多生命在那里唱歌跳舞，保有永不枯竭的暖意。

当我们在星夜里，抬头望向无垠的天际，感于宇宙之大真要叫人落泪，这宇宙里有无数的星球，我们的地球在星球之中有如整个海岸沙滩的一粒沙，那样不可思议的渺小。

但在这样渺小的地方，有着生命、有着爱、有着动人的歌声，这样落实下来，就感到人是非常壮大而庄严的，生活在我们四周的生命也一样的庄严而壮大。

生命是短暂的，然而即使不断的生死，也带不走穿过意识的壮大与庄严之感。

今天在乡下的瓜棚看见几个绿色的瓜成熟了，我怀着感恩之心看着这几个瓜，看呀！一切都是现成的。这世界从不隐瞒我们，它是那样的简单和纯粹！

就是一个瓜，也是明明白白，感恩地来面对世界。

人不是可以注入任何液体的空瓶

崔鹤同

“人不是可以注入任何液体的空瓶”。这是俄国文学批评家皮萨列夫的一句名言。细细体味，此话看似波澜不惊，却寓意深远，振聋发聩。

人生就如一只空瓶，但不可随意向里注入任何液体。它如若装满了卑劣和庸俗，决然装不进伟大和崇高；一旦被虚伪和凶残所占据，纯真和善良便无法容身；有了自私和冷酷，便失去博爱和热情……

当我们为自己的房子、票子、位子整日忙忙碌碌，当我们的生活一天好似一天，但我们的神经却依然绷得紧紧的，我们的心情依然非常沉重，没有一天感到轻松，感到欢乐。这是为什么？

是的，我们的人生之瓶里，如若满装着欲望和为之奋争不息的操劳，当然无法容纳安宁与祥和，塞满了无穷无尽的浮躁与烦恼，宁静与欢愉当然被驱逐得无影无踪。

一个想献身于人类公益事业的人，他必将无暇去顾及自己物质上的私利。两次诺贝尔奖获得者居里夫人，她和比埃尔·居里新婚宴尔，搬进了五层楼上的三间小屋。他们的会客室里，只摆着一张简单的餐桌和两把椅子。后来，居里的父亲来信对他们说，他准备送给他们一套家具，问他们需要什么样的家具。看完信后，居里若有所思地说：“有了沙发和软椅，就需要人去打扫，在这方面花费时间未免太可惜了。”

居里对新婚妻子说：“不要沙发可以，我们只有两把椅子，再添一把怎么样？客人来了可以坐坐。”

“要是爱闲谈的客人坐下来，又怎么办呢？”居里夫人提出反对意见。

最后他俩决定，不再添置任何家具了。后来，客人来了，看见只有主人两把椅子而没有他的坐处也只好说完事就走。正如居里夫人后来所说：“我在生活中，永远是追求安静的工作和简单的家庭生活。”正因为他们远离人事的侵扰和盛名的渲染，才在科学探索的道路上攀上了光辉的顶点。

淡泊明志，宁静致远。一个人要想在事业上有所建树，就必须潜心学问，心无旁骛，矢志不渝。钱钟书是个“名副其实”的大学者，他一生只钟情于书，博闻强识，学贯中西，辛勤探索，著作等身，饮誉海内外。他一生深居简出，甘于寂寞，淡泊名利。他拒绝美国普林斯顿大学的重金聘请并拒领法国政府授予的勋章，拒当“东方之子”。一次英国女王访问中国，国宴陪客名单上点名请钱钟书出席，他竟称病辞掉。事后，有人私下问及此事时，钱钟书道：“不是一路人，没有什么可说的。”真是大智若愚，大音若稀。

人生之瓶，注入高尚与纯粹，人的一生将显得光明磊落，冰清玉洁。

感悟生命

王文根

生活中，我们在哀叹生命不幸，在等待希望的瞬间，时间像一只顽皮的小精灵窃笑着与我们擦肩而去。时间一天一天地过去，童年的无忧无虑早已如梦般散去，少年的浪漫往事，也伴随着日历，飘逸在岁月的风中……

时光飞逝，往事烟云如歌，也只能存在记忆的光盘中，而未来的时光又如一条无声的河流，在浩浩荡荡地、义无反顾地向身后延伸。岁月如梭，然而生命依然如苍穹的云朵那般轻盈，又如春天的原野般美丽而恬静……

打开人生的第一页日历，就如掀开一张崭新的图画，岁月的年轮在春天的脚步中增长，生命也在风的呼吸中升华。

在罗大佑的《童年》和朱自清的《时间》感悟中，我逐渐明白了：人生的真正含义，难道不是制定一个又一个生活的目标，然后去逐步实现吗？而有的目标不也将是我们一生的追求吗？

细细想来，人生中有许多困难和失败，只能算是岁月之歌中的一串不协调的颤音。通过勤奋和拼搏，仍然能奏出生命乐章的动听之音，同样会赢得热烈的喝彩！贫困、疾病，以致生命中更多劫难的降临，都是命运逼迫你去创造和珍惜重新开始的机会，让你有朝一日苦尽甘来，虽然曾经因为劫难，遭受到打击与嘲讽，但在一个美丽的春天，你最终还是会奏响生命乐章，唱出自己最美妙的歌！

人生很简单，只要懂得“珍惜、知足、感恩”，就拥有生命的光彩

佚　名

有一个人去应征工作，随手将走廊上的纸屑捡起来，放进了垃圾桶，被路过的考官看到了，他因此得到了这份工作。

原来获得赏识很简单，养成好习惯就可以了。

有个小弟在脚踏车店当学徒，有人送来一部坏了的脚踏车，小弟除了将车修好，还把车子擦拭得光亮如新，其他学徒笑他多此一举，车主将脚踏车领回去的第二天，小弟被挖到他的公司上班。

原来出人头地很简单，吃点亏就可以了。

有个小孩对母亲说："妈妈，你今天好漂亮。"母亲问："为什么?"小孩说："因为妈妈今天没有生气。"

原来要拥有漂亮很简单，只要不生气就可以了。

有个牧场主人，叫他的孩子每天在牧场上辛勤工作，朋友对他说："你不需要让孩子如此辛苦，农作物一样会长得很好的。"牧场主人回答说："我不是在培养农作物，我是在培养我的孩子。"

原来培养孩子很简单，让他吃点苦头就可以了。

住在田里的青蛙对住在路边的青蛙说："你这里太危险，搬来跟我住吧!"路边的青蛙说："我已经习惯了，懒得搬了。"几天后，田里的青蛙去探望路边的青蛙，却发现它已被车子轧死，暴尸在马路上。

原来掌握命运的方法很简单，远离懒惰就可以了。

有一只小鸡破壳而出的时候，刚好有只乌龟经过，从此以后小鸡就背着蛋壳过了一生。

原来脱离沉重的负荷很简单，放弃固执和成见就可以了。

有一支淘金队伍在沙漠中行走，大家都步履沉重，痛苦不堪，只有一个人快乐地走着。别人问："你为何如此惬意?"他笑着说："因为我带的东西最少。"

原来快乐很简单，拥有少一点就可以了。

人生的光彩在哪里?

早上醒来，光彩在脸上，充满笑容地迎接未来。

到了中午，光彩在腰上，挺直腰杆活在当下。

到了晚上，光彩在脚上，脚踏实地做好自己。

原来人生也很简单，只要懂得“珍惜、知足、感恩”，你就拥有了生命的光彩。

青春就是太阳

邓康延

中国的神话中，《夸父逐日》的故事最为悲壮。当他一路追到太阳入口处时，焦渴难耐，一口气喝干了黄、渭两条河水，最终仍渴死在路上，遗下的手杖变成了邓林。

后来，有两位诗人神游了邓林，各留下了一首气贯长虹的诗。

台湾诗人余光中长吟道：

“……壮士的前途不在昨夜，在明晨
西奔是徒劳，奔回东方吧！既然是追不上了，就撞上。”

而大陆青年诗人杨炼对夸父的批评更是直截了当：

“他才一上路
便已老了
因为青春就是太阳。”

从茫然地追寻太阳，到聪明地撞上太阳，再到勇敢地成为太阳，实在是国人步步攀缘向上的象征啊！

于是，超越昨天的自我，就成为当代青年的另一种逐日壮景，只因为——青春就是太阳。

回归到零
是生命质量的重要提升

刘燕敏

一切从零开始，最终还要回归到零。

早晨太阳从东方升起，一夜之后它又回归到东方。

巍峨的高山，顶着千年的积雪；沧桑的大地上奔流着古老的江河，回归到原来的地方去，沉睡着的冰雪，也是如此思索。

狡辩者无论怎么咆哮，强词夺理的人不论说得多么圆滑和机巧，平静之后，都会落入真实给他们设下的圈套。同样，谬误无论跳得多么高，都要回到真理在大地上给它挖好的那个槽。

天真烂漫的儿童，经过世事的风霜，变得稳重而刚强，更甚者成为风云人物，成了国家的栋梁。可是，有一天他们的孙子发现坐在花园躺椅上的爷爷正用礼帽捕捉着阳光，那笑容与神情和三岁时的照片上一样。

回归，温柔而有力；回归，仁慈而冷峻；回归，不知不觉又韧性十足。然而，回归的真正面目是圆满。

竞技场上，无论你跑五千米还是一万米，若不回到起点，你的成绩永远以零计算。

飞往其他星球的飞船，若不能返回地球，就被称为是一次失败的试验。

生命需要呵护，方能完成使命

么传说

春天，在刚从冬眠中醒来的大树下，一棵小草探出了鹅黄的头，他们从此成了邻居。

他们的日子很舒心很惬意。白天，他们听鸟儿欢歌，看花儿争艳；晚上，他们与星星谈心，同露珠交流。

后来，不幸降临了。这一年遇上了前所未有的大旱，野草、鲜花、树林都大片大片地死去。大树和小草也在痛苦里挣扎。

“大树，我……我不行了。”小草呻吟。

“不，我们要活下去。”

大树用半焦的身躯挡住了太阳毒辣辣的火舌，咬紧牙，忍受着她疯狂的噬咬。太阳落山了，大树顾不得抚抚自己淌血的伤口，舒展开斑痕累累的四肢，把一丝丝微薄的湿气聚成滴滴露珠，小心地注入小草的躯体，把她拉出死亡的边缘。

夏雨终于返回他们的家乡，危难过去了。小草无限感激地仰望着大树说：“您为什么要牺牲自己来帮助我呢？我这么渺小卑微，对您能有什么回报呢!”

大树笑笑：“我也曾是一棵小草。我有危机的时候，同样受过别人慷慨的赠予，若说回报，我怎么回报蓝天、大地、雨露、春风他们呢?”小草想了很多很多。

秋天，她走完了生命的旅程，化为一撮泥土，溶进了大地的血脉。

春风又起，大树周围，又泛起点点新绿。

能破茧成蝶
就能获得生命的欢愉与快慰

单士兵

乡居年代，我曾在蚕房里住过两年。我洞悉蚕在其生命轮回过程中每一个隐秘的细节。由黑珍珠一般的卵儿，到肉嘟嘟的蚕儿，到沉睡茧中的蛹，最后羽化成蛾，这个神秘的精灵就完成了一次生命的变异。

观察这样的过程是需要耐心的。不过，我愿意等，我始终认为这样的等待本身就是诗意的。当可爱的蚕儿吸取了充足的甘草润泽后，便用生命的丝线织茧而栖，沉沉而睡。生命被无尽期的黑暗覆盖，沉埋于寂静之中。其实，它是在做一个坚实的梦，蕴蓄着一次生命的复活。

终于，它咬破自己织制的茧子，出来了，由蛹化蛾，完成了生命本质的飞跃，给我惊喜的震颤。请原谅我的固执，让我称它为蝶。因为它让我想到化蝶的传说。我想，这个细小的生命，它短暂的沉睡，类似于一次死亡。而当它痛苦地咬破自己织制的茧、羽化成蝶，就完成了生命的复活。这个小精灵，在其短暂的一生中，是那么专注于自己的生命，用重生来拒绝死亡，穿越了生死的界限，让生命得以绚烂。透过它的生命过程。从某种性质上说，它接近于神话中涅槃的凤凰。

我感动于破茧成蝶所带来的美学意蕴。很多时候，我看着它振动透明的薄翼，时而以舞者的姿态翩飞于屋檐下，时而款款行走于墙壁之上。这只蝶使我心头的生命之弦得以穿过虚与实的空间。我在想，当初它的沉睡，就是在做着一个蝶梦，一个死与生相连在一起的梦。这个梦既洋溢着古典的气息，又充满着生命的哲思。

其实在生活中，很多时候，我们就如那小小的蚕儿，经常会陷于一种生存的窒息状态，或是处于绝望的境地。对于我们个体生命而言，有时心灵也会结上了一种“茧”。如果我们能用心去咬破自己构筑的外壳，尽管这一过程会很痛苦，但于生命的重生，它又实在是一种必须。包括面对死亡，一个能坦然面对死亡的人，也一定能坦然面对生活。

所以破茧成蝶，是人生的一种境界。能够破茧成蝶，就会重获生命的欢愉和快慰。

在一切创造物中
没有比人的心灵更美的

向　琳

曾有朋友问我：两个少女，一美一丑，哪位更爱照镜子？我几乎是不假思索地回答：当然是漂亮的那一位。朋友笑着直摇头：“不，她们是一样地喜爱。正如美和丑带给一个女人的烦恼同等多一样。”

过后沉思，觉得朋友的话对，又不全对。对者，是因一个人的容貌是先天的，而爱美之心既是天性，却又受着后天的影响。一位作家曾说：人在镜子面前，最崇拜自己。不全对者，是因她们在方式方法上应该有种层次和程度的区别。模样好，不能叫美，顶多算漂亮；模样不好，不能简单地叫丑，而要结合她的内心世界、气质修养，给予中肯的评价。

谁都希望自己能出类拔萃，引人注目，但纪伯伦老先生说过的一席话更应引人深思：一个人的实质，不在于他所向你显露的那一面，而在于他所不能向你显露的那一面。看一个人不要听他说出来的话，而要了解他所没有讲出来的话。

曾熟悉一个友人，她模样极为标致可爱，初到科里，大伙儿给了她一个亲昵的称呼："可耐"，即人见人爱的意思。不料此人不仅对工作中遇到难题不闻不问，而且因责任心弱化还人为地造成了许多差错，更可惜的是她弄破或丢失了公物拒不认账又连累他人。时间一长，大伙儿不但不觉得她"可耐"，而是非常可恶。究其原因，她缺乏做人的基本原则：诚实。

又有一位女友，相貌平平，却温柔纯朴，因此交了一位高大英俊的男士为友。众人皆交口称赞，又不免为那位男士抱屈。过了一段时间，那女友有所察觉，便很自卑，趁着节假日跑到美容院垫了鼻梁，割了双眼皮，并做了酒窝。当她以姣美的容颜回到男朋友面前时，男朋友先是一愣，继而以遗憾的口吻说："你现在是漂亮，但我爱的那个人却死了。"说完挥手"拜拜"。究其原因，是她失去了那份真实和自然。

有一首歌唱得好："平平淡淡从从容容是最真。"两性相爱，相信每个人爱的是心，而不是随意可以组装的模子。应该学会避免"美丽的误会"。

美丽、漂亮是用来形容人和事物的褒义词。美好的事物出自灵巧的手，潇洒的仪表也应来自美好的心灵，因为它是心灵美的自然流露。当然要学会在适当的时候，做一些相应的装饰与打扮，显其庄重、素雅。但也不能遗忘，在你独对镜子梳妆时，你所不能在镜前显露的那一面更需要梳理，只有它的日渐丰满，你才会长久地打动人心。

要知道，镜子中你的发型向左，而现实中你的发型是向右的。当你举右手对某个事物表示感兴趣时，镜子里却在举左手表示反对呢！

给自己一个笑脸，
让你的心房里永远都是春天

艾明波

那天，看到妻子面对衣柜上的镜子微笑，无意中我感到妻子的笑是那么妩媚那么动人。其实，我对妻子的笑是再熟悉不过了，而今天看来却觉得有些陌生的美好。想来想去顿有所悟：原来，这一笑是妻子为她自己而笑的，是她自己给自己一个笑脸。于是，我也尝试着给自己一个笑脸，于是自己的笑便也灿烂起来。

是呵，当我们面对困惑面对无奈，是否该悄悄地给自己一个笑脸呢?

给自己一个笑脸，让自己拥有一份坦然；给自己一个笑脸，让自己勇敢地面对艰险。这是怎样的一种调解、怎样的一种豁达、怎样的一种鼓励啊!

独步人生，我们会遇到种种困难，甚至于举步维艰，甚至于悲观失望。征途茫茫有时看不到一丝星光，长路漫漫有时走得并不潇洒浪漫。这时，给自己一个笑脸好吗?让来自于心底的那份执着，鼓舞着自己插上长风的翅膀过尽千帆；让来自于远方的呼唤，激励着自己带着生命闯过难关。

生活不是缺少美，而是缺乏发现美的眼睛

袁凤珠

傍晚，从东海岸驱车归返。在高速公路上奔驰的时候，总会看到通红着圆脸的落日。晚霞殷殷相随，心中涌起一股美感，有一丝温暖，一点诗意。

按日程表生活是乏味的。在时代齿轮的轨道上行走人生路，要负担责任，实践理想，完成任务，大自然虽然近在身边，几乎视而不见，少有心思与花草寒暄；马路两旁的九重葛花，不时地绽开又凋谢，也无暇睨望。

车子经过桥上，河水静静地流，丛林处处，落日徐下，搁在树梢间，如炯炯的眼眸凝视着，依然风度翩翩，壮观优雅。

这一轮夕阳斜倚，已不再如正午那么灼人，似乎经历了磨炼，蓄有几分温柔、伤感，或许是临近告别时刻吧！山水总有情，怎能不依依？而绚丽的晚霞如诗如画般飘随着，一路相伴，直到看不见影子才停止。

面对斜阳，细数自己的生命：是嵌着一幅幅的美景？还是乱草丛生？

还好，在平实的生活里，不时见到夕阳、晚霞带着灿烂的笑容，挥着手，能在枯燥日子中，得到暂时的慰藉。

眼前这一刹那的景色，却是心中永远最美丽的画，相映心中的愿望：“保存一颗美丽的心，以及爱的生命。”

第三章　送你一双慧眼

属于灵魂的智慧才能属于自己

金　马

用肉眼看到的世界，往往并非是真实的世界，——虽然也含有某种真实的成分；用心灵看到的世界，虽非完整然而大多是真实的，——尽管往往失去形象威严。

香醇的葡萄酒，都是葡萄酿成的，尽管有的用夜光杯陪衬，有的用玉杯渲染，有的用陶罐装着，有的用粗瓷碗盛着……肉眼过多地注视着装潢，心灵却更多地啜吸着琼浆玉液的芳香。

只有美好崇高的心灵，才能发现属于灵魂的智慧；只有属于灵魂的智慧，才能成为生命的一部分，属于自己。

这个，连狐狸都懂。有人问它，什么是使它聪颖的秘密？它说："……很简单：只有心灵才能洞察一切，肉眼是看不见事物本质的。"这是真的。真的智慧，属于灵魂的智慧，都是很朴素的，因为真的东西无须装点就很美丽，因为真的美丽无须矫饰就很动人。

惠特曼的《大地之歌》，深刻地揭示了智慧的这种本质的构成：

这里是智慧的考验
智慧不是最后在学校里受到考验
智慧不能从有智慧的人传给没有智慧的人
智慧是属于灵魂的，是不能证明的
它本身便是自己的证明
应用于一切时期，一切事物，一切美德而无处不是
是一切事物之现实及不可灭的必然，是一切事物之精义
浮在一切事物的现象之中的一种东西，将它从灵魂里面引导出来

这是智慧本质的性格。智慧可以相互启迪，相互激励，相互活化，而不能相互“传递”。如果我们一定希望把自身的智慧“传”给他人，也只能提供他人和后人以再创造的素材或基质。因为智慧是心灵汲取物，是个体的再造物，是世间的“新产品”，是生存的新面貌。正因为如此，肉眼清明而缺乏心灵智慧的人，未必能看到事物的本质；而“肉眼丧失了视觉的人，能用他精神上的眼睛看得见别人所看不见的事物……”

用心灵观察世界，撷取属于灵魂的智慧，这不仅要锻炼自身力争透视事物的本质——现象之后的本相，还要注意观察事物进行的状态——关注事物发展的过程。比如，对人，作家巴金曾深刻指出：“我想，我们很少了解别人。我们常常凭自己的一点点不完备的观察，就断定某某是怎样的人，某件事情是如何如何。许多人都犯了这样的错误，有时连自己也不知道。”如果凭了这样的“视力”，生活在当今智慧日益增值的时代，是很难不处于被动局面的。

智慧的优长来自我们的静气

梁漱溟

人类的长处是智慧。但什么是智慧呢？智慧有一个要点，就是要冷静。比如：正在计算数目，思索道理的时候，如果心里气恼，或喜乐，或悲伤，必致错误或简直不能进行。这是大家都明白的事。但是一般人对于解决社会问题，偏不明此理。他们总是为感情所蔽，而不能静心体察事理，从事理中寻出解决的办法。

我想说一个猴子的故事给大家听。在汤姆孙科学大纲上叙说一个科学家为了研究动物心理，养着几只猩猩、猴子做实验。以一个高的玻璃瓶，拔去木塞，放两粒花生米进去，花生米自然落到瓶底，从玻璃外面可以看见，递给猴子。猴子接过，乱摇许久，偶然摇出花生米来，才得取食。此科学家又放进花生米如前，而指教它只需将瓶子一倒转，花生米立刻出来。但是猴子总不理会他的指教，每次总是乱摇，很费力气而不能必得。此时要研究猴子何以不能领受人的指教呢？没有旁的，只为它两眼看见花生米，一心急切求食，就再无余暇来理解与学习了。要学习，必须两眼不去看花生米，而移其视线来看人的手势与瓶子的倒转才行。要移转视线，必须平下心去，不为食欲冲动所蔽才行。然而它竟不会也。猴子智慧的贫乏，就在此等处。

人们不感觉问题，是麻痹；然为问题所刺激，辄耐不住，亦不行。要将问题放在意识深处，而游心于远，从容以察事理。天下事必先了解它，才能控制它。情急之人何以异于猴子耶？

还要注意：人的心思，每易从其要求之所指而思索办法；观察事理，亦顺着这一条线而观察。于是事理也，办法也，随着主观都有了。其实只是自欺，只是一种自圆其说。智慧的优长或贫乏，待看他真冷静与否。

真正的智慧总是与谦虚相连，真正的成功取决于行动的圆满和措施的周全

（美）C·班纳德

那是在克尼斯纳，一个老林工正在解释如何伐树。他指出，要是你不知道那棵树倒了会落在哪里，就不要去砍它。“树总是朝支撑少的那一方落下，所以你如果想使树朝那个方向落下，只要削减那一方的支撑便成了。”他说。我半信半疑——稍有差错，我们就可能一边损坏一幢昂贵的小屋，另一边损坏一幢砖砌车库。

我满心焦虑，在两幢建筑物中间的地上画一条线。那时还没有链锯，伐树主要是靠腕劲和技巧。老林工朝双手啐口水，挥起斧头，向那棵巨松砍去。树身底处粗一米多。他的年纪看来已六十开外，但臂力十足。

约半小时后，那棵树果然不偏不倚地倒在线上，树梢离开房子很远。我恭贺他砍伐如此准确。他有点惊讶，但没说什么。不到一个下午，他已将那棵树伐成一堆整齐的圆木，又把树枝劈成柴薪。我告诉他我绝对不会忘记他的砍树心得。

他举起斧头扛在肩上，正要转身离去，却突然说：“我们运气好，没有风。永远要提防风。”

老林工的言外之意，我在数年后接到关于一个心脏移植病人的验尸报告时才忽然明白。那次手术想象不到的顺利，病人的复原情况也极好。然

而，忽然间一切都不对了，病人死掉了。验尸报告指出病人腿部有一处微伤，伤口感染了肺导致整个肺丧失机能。

那老林工的脸蓦地在我脑海中浮现。他的声音也响起来："永远要提防风。"简单的事情，基本的真理，需要智慧才能了解。那个病人的死，惨痛地提醒我们为山九仞、功亏一篑这个道理。纵使那个伤口对健康的人是无关痛痒，但已夺了那个病人的命。

那老林工和他的斧子可能早已入土。然而，他却留下了一个训诫给我，待我得意之时用来警惕自己。人人都得意扬扬时，我会紧紧盯着镜里的影子，对自己说："我们这回运气好，没有风。"

拥有经验又懂得如何利用的人才是真正的智者

董保纲

有一年，一个登山队要攀登一座雪峰，想把足迹留在峰顶上。食品、药品及其他登山器材都备齐了，有一位专家提醒说，别忘了多带几根钢针，因为在高寒的雪山上面，燃气炉的喷嘴极易堵塞，需要用钢针疏通。负责这事的老登山队员并没有听从专家的忠告，只带了一根钢针，因为凭经验，他认为有一根钢针已经足够了。

遗憾的是，这支登山队最终没能把脚印留在山顶上，队员一个也没有再回来。问题就出在钢针上，那根钢针在使用时，不慎崩断了，由于仅仅带了一根钢针，燃气炉无法使用，队员们断了饮食，最后全部陷入了绝境。

对人生而言，经验确实是一笔财富。但是，笃信自己的经验，对他人的劝告不加选择一概拒绝，完全凭经验办事，有时非但不能成功，反而会把事情办得更糟，甚至造成无法挽回的损失。在许多事情上，我们失败的原因常常有两种：一种是因为经验不足，另一种则是因为经验过多。

拥有经验而又懂得如何利用经验的人才是真正的智者。

“取”是一种本事，“舍”是一门哲学。没有能力的人取不足；没有通悟的人舍不得

刘　墉

“取”是一种本事，“舍”是一门哲学。没有能力的人取不足；没有通悟的人，舍不得。

舍之前，总要先取，才有得舍，取多了之后，常得舍弃，才能再取，所以“取”“舍”虽是反义，却也是一物的两面。

人初生时，只知取。除了取得生命，更要取得食物，以求成长；取知识，以求内涵。

既然长大，则要有取有舍，或取熊掌而舍鱼，或取利禄而舍悠闲；或取权位而舍性命。

至于老来，则愈要懂得舍，仿佛登山履危，行舟遇险时，先得将不必要的行李抛弃；仍然嫌重时，次要的东西便得舍出；再有险境，则除了自身之外，一物也留不得。所以人到此时，绝对是舍多于取。不知舍、不服老的人，常不得不最先落水坠崖，把老本也赔了进去。

如此说来，人生是愈取愈少，愈舍愈多，怎么办呢？

答案是：

少年时取其丰；壮年时取其实；老年时取其精。

少年时舍其不能有；壮年时舍其不当有；老年时舍其不必有。

凡事不可刻意追求，反之欲速则不达

刘 墉

有位樵夫生性愚钝，有一天，他上山砍柴，不经意地看见一只从未见过的动物，于是他就上前问："你到底是谁啊？"

那动物开口说："我叫'领悟'。"

樵夫心想："我就是缺少领悟啊，把它捉回去算了。"

这时，领悟就说："你现在想捉我吗？"

樵夫吓了一跳："我心里想的事情它都知道！那么我不妨装出一副不在意的模样，趁它不注意的时候赶紧捉住它！"

结果，领悟又对他说："你现在又想假装成不在意的模样来骗我，等我不注意时，将我捉住。"

樵夫的心事都被领悟看穿，所以就很生气："真是可恶！为什么它都能知道我在想什么呢？"

谁知，这种想法马上被领悟发现，它又开口："你因为没有捉住我而生气吧！"

于是，樵夫从内心检讨："我心中所想的事，好像反映在镜子里一般，完全被领悟看清，我应该把它忘记，专心砍柴，我本来就是为了砍柴才来到山上的，实在不应该有太多的欲望。"

樵夫想到这里，就挥起斧头，用心地砍柴。一不小心，斧头掉了下来，却意外地压在领悟上面，领悟立刻被樵夫捉住了。

我们常想去悟出真理，却反而为了这种执着而迷惑、困扰。因此，只要恢复直率之心，彻底地顺从自然，道理就随手可得了。

生活的许多美都在于我们多看了一眼之中

（美）马里杰·斯比勒·尼格

我年轻时自认为了不起，那时我打算写本书，为了在书中加点“地方色彩”就利用假期出去寻找。我要去那些穷途潦倒、懒懒散散混日子的人们当中找一个主人公，我相信在那儿可以找到这种人。

一点不差，有一天我找到了这么个地方，那儿到处都是荒凉破落的庄园、衣衫褴褛的男人和面色憔悴的女人。最令人激动的是，我想象中的那种懒惰混日子的人也找到了——一个满脸胡须的老人，穿着一件褐色的工作服，坐在一把椅子上为一小块马铃薯地锄草，在他的身后是一间没有油漆的小木棚。

我转回身来，恨不得立刻就坐在打字机前。而当我绕过木棚在泥泞的路上拐弯时，又从另一个角度朝老人望了一眼，这时我下意识地突然停住了脚步。原来，从这一边看去，我发现老人的椅边靠着一副残疾人的拐杖，有一条裤腿空荡荡地直垂到地面上，顿时，那位刚才我还认为是好吃懒做混日子的人物，一下子变成了一个百折不挠的英雄形象了。

从那以后，我再也不敢对一个只见过一面或聊上几句的人轻易下结论了。感谢上天让我回头又多看了一眼。

生活的细节加起来就是人生，人的心灵是一扇窗，不知不觉中就把细节泄露

林 夕

一家新建的酒店在报纸上打出招聘广告，因为待遇优厚，报名者踊跃。初试、面试后，数百名报名者只剩下30名，可是酒店只要20名员工，而酒店下星期就要开业，酒店主管需要尽快选出20人，培训一星期后上岗。主管把这30人都召集来，一一谈话，凭良心说，这些人条件都差不多，没什么差别，多出的10名不知道应该去掉谁。

主管想了想，灵机一动，就宣布说："为了庆祝开业，今天我代表酒店请大家吃顿饭。"

30人围坐在一起，第一道菜上来了，是红烧鲤鱼。鱼很大，一条鱼铺满了整个盘子。开始的时候，大家都很拘谨，不好意思吃，主管就带头拿起筷子，在鱼背上夹了一块肉，说："大家随便点，以后我们就是一家人了，每天都要在一起工作，一起吃饭，不要客气。"

主管一发话，气氛就活跃起来，大家拿起筷子，开始吃鱼。有人夹鱼背，有人夹鱼头，有人夹鱼尾。有的人一次夹一大块，有的人一次只轻轻一点。一条鱼正面很快就吃完了。

第二道菜又上来了，是清炖黄鱼。鱼很小，十几条才装满盘子。有的人上来就夹条大的，吃得很快，鱼肉没吃净就连肉带刺吐出来，有的人只夹小的，吃得慢而细，把鱼肉吃净再吐出鱼刺。

接下来的菜有炒菜、凉拌菜、三鲜汤，大家各取所好，有的规规矩矩，只吃自己眼前的菜；有的毫不客气，伸长手夹别人眼前的菜；有的兼

顾全席，桌上的菜每样都吃一点；有的挑挑拣拣，只夹自己喜欢的菜吃；有的吃饭静悄悄，有的喝汤“滋滋滋”，有的把碗里的饭吃得一粒不剩，有的把饭粒掉在饭桌上……真可谓百态众生，都被主管尽收眼底。

第二天，酒店把用人名单公布给大家。有一位落选者很不服气，就质问主管：“大家条件差不多，你又没有加试，凭什么选人?”

“怎么没有加试？昨天晚上我请你们吃饭时，我对你们每个人都一一测试了。我选人的原则很简单：那些在餐桌上吃鱼头鱼尾、吃小鱼、不挑挑拣拣、不掉饭粒、知道兼顾别人的人，我相信他们会成为酒店的好员工。”

落选者想自己昨晚在饭桌上的表现，有些发窘，但又马上为自己辩解道：“这都是些生活细节，怎么能用它来检验一个人呢?”

主管看着他，反问道：“生活的细节，加起来不就是人生吗？我想，一个在饭桌上只顾自己的人，在工作中是不会首先想到别人的。”

故事犹如一面镜子
可以让我们照见彼此的思想

张宪凯

有一个买酱油的故事。

乙是大批发商，甲搞的是小批发，甲自乙处购一批酱油，分三次取货。第一次到乙处拉货，乙早已算准了时候，先往桶里倒了半桶水，又注入酱油，甲也粗心，没有检查。待拉回去后，他不由连呼上当。第二次到乙处拉货，甲便多了一个心眼，拿了探子去。而乙也偏偏早已料到了这一招，在头天晚上往桶里倒上水，摆在院中，由于时值寒冬，一夜之间桶里的水全都成了冰，又注入酱油。甲拿探子一试，提上来的果然是酱油，以为这次无事，便拉回去，待把酱油倒出来之后方知再次上当。第三次到乙处拉货，甲不免又多了一个心眼儿，在用探子探时，还要拉出来对照一下桶的深度，而乙又早已料到，在头一天晚上将桶倒水后放倒，使水在一侧冻住，又注入酱油，甲一试果然上当。

故事至此便结束了，并没有那种善恶有报的下场。

后来我把这个故事讲给一位教书的朋友听，事隔不久他就辞职下了海，不久便发了大财，买了别墅，有了汽车，好不令人羡慕。再后来我又把这个故事讲给一位经商的朋友听，不久他就上了岸，做了教师，教出了一批善良正直的学生。

其实故事犹如一面镜子，可以让我们照见彼此的思想。

与人共事，心直不可口快，理直不可气壮

佚　名

“小姐，你过来！你过来！”一位顾客高声喊，指着面前的杯子，满脸寒霜地说：“看看！你们的牛奶是坏的，把我一杯红茶都糟蹋了！”

“真对不起！”服务小姐赔着不是笑道：“我立刻给您换一杯。”

新红茶很快就准备好了，碟边跟前一杯一样，放着新鲜的柠檬和牛奶，小姐轻轻放在顾客面前，又轻声地说：“我是不是能建议您，如果放柠檬，就不要加牛奶，因为有时候柠檬会造成牛奶结块。”

那位顾客的脸一下子红了，匆匆喝完茶，走出去。有人笑问服务小姐：“明明是他土，你为什么不直接说他呢？他那么粗鲁地叫你，你为什么不还以颜色？”

“正因为他粗鲁，所以要用婉转的方式对待；正因为道理一说就明白，所以用不着大声！”小姐说：“理不直的人，常用气壮来压人。理直的人要用气和来交朋友！”

团结诞生希望，凝聚产生力量

阿　来

黄昏时候，洪水如暴虐的猛兽，最终撕开了江堤。一个小垸子成了一片汪洋泽国。清晨，受灾的人们三三两两聚在堤上，凝望着水中家园。

忽然，有人惊呼：“看，那是什么?”

一个黑点正顺着波浪漂过来，一沉一浮，像一个人！有人嗖地跳下水去，很快就靠近了黑点，但见他只停了一下，就掉头洄游，转瞬上了岸。

“一个蚁球。”那人说。“蚁球?”人们不解。

“蚁球这东西，很有灵性。”一个老者解释说：“1969 年发大水，我也见过一个，有篮球那么大。洪水来时，一窝蚂蚁迅速抱成团，随波漂流。只要能靠岸，或者碰上一个漂流物，蚂蚁就能得救了。”

说话间蚁球已漂过来了，越来越近，看清了：一个小足球大的蚁球！黑乎乎的蚂蚁密匝匝地紧紧抱在一起。风起波涌，蚁球漂流，不断有小团蚂蚁被浪头打开，像铁器上的油漆片儿剥离开去。

人们看得惊心动魄。

蚁球靠岸了。蚁球一层层散开，像打开的登陆艇。蚁群迅速而秩序井然地一排排冲上堤岸，胜利登陆了。岸边水中仍留下了不小的一团蚁球，那是最底层英勇的牺牲者，它们再也爬不上来了，但他们的尸体，仍然紧紧地抱在一起。

生活处处讲原则
处处为你打开方便之门

佚　名

我曾经是一个漫不经心的人，对生活的态度是“不必太认真”，凡事过得去就行，无论对人还是对己。我一直把它看成优点，认为可以免生许多闲气。但那短短几分钟的经历，竟改变了我的这个看法。

那是1993年的除夕之夜，我在德国的明斯特参加留学生的春节晚会。晚会结束后，整个城市已经睡熟了，在这种时候，谁不想早点儿到家呢？我和先生走得飞快，只差跑起来了。

刚走到路口，红绿灯就变了。迎向我们的行人灯转成了“止步”：灯里那个小小的人影从绿色的、甩手迈步的形象变成了红色的、双臂悬垂的立正形象。

如果在另外的时候，我们肯定停下来等绿灯。可这会儿是深夜了，马路上没有一辆车，即使有车驶来，500米外就能看见。我们没有犹豫，走向马路……

“站住。”身后，飘过一个苍老的声音，打破了沉寂的黑暗。我的心悚然一惊，原来是一对老夫妻。

我们转过身，歉然地望着那对老人。

老先生说：“现在是红灯，不能走，要等绿灯亮了才能走。”

我的脸忽地烧了起来。我喃喃地道：“对不起，我们看现在没车……”

老先生说：“交通规则就是原则，不是看有没有车。在任何情况下，都必须遵守原则。”

从那一刻起，我再没有闯过红灯，我也一直记着老先生的话："在任何情况下，都必须遵守原则。"

在以原则为准的社会里，你看见处处是方便之门；而在一个不大重视原则的社会里，生活却是一件相当累人的事。

能意识到自己错过是一种心灵的升华

刘心武

是的，回顾过去的一年，我们又错过了许多……

从在商场所看中的一件很适合自己、并且价钱也不算昂贵的衣衫，竟因不必要的犹豫，放弃了购买，而再次去那商场，满眼都只是不如那件的样式。从这类小小的错过，到明明有一个很好的跳槽机会，不仅去了那里可以收入更丰，更重要的是能与自己的兴趣更贴近，却只是因为决心下得迟点而痛失良机，那样大大小小的贻误……总算起来，真是不少！

人生的路啊，为什么，为什么总是充满了这样多的错过？

然而细想，可有"万无一失"的人生？

错过一般来说，属于人生的常态，只要我们回顾来路，有所得，从在偶然路过的一家小小书店，意外地买到了久访不得的一本诗集，这类小小的收获，到自己积极参与的一项改革，果然取得了重大突破，那样的精神物质双丰收……算起来，也还不少，我们就应感到欣慰！

没错过，抓住了；错过，溜走了。这正是人生的经纬线，见证着我们斑斓多味的存活。

能意识到自己错过了什么，在追悔中产生出一种真切而细微、深入而丰厚的情愫，则意味着灵魂具备了升腾的能力。

有的所错过的，还有机会再次相遇，正因为对错过有了痛彻的感受，当机遇再次呈现时，你便会有高度的应变力与把握力，也许，那最后的结果，是与其在上次侥幸抓获，不如这回你冷静而成熟地驾驭……恰恰是因为你上次的错过，才使你这次获得硕果！

有的所错过的，时不复返，机不再来，属于永远的错过，但因为你善于细细咀嚼这错过的苦果，竟能从惆怅中升华出憬悟，乃至于酿出诗意与哲理……你的生命，或许反更有厚度；你的心灵，或许反更有虹彩。

一念之差中，失之交臂了么？有时我们虽然错过，只要我们立刻意识到了，并立刻追上前去，力挽狂澜，我们多半也还可以使错过转化为掌握；问题是我们往往在立即意识到了以后，竟滞涩、凝结住了我们的行动，这样的错过，则几近于过错。

人生如奔驰的列车，车窗外不断闪动着变幻不定的景色。错过观赏窗外的美景、奇景并不是多么不得了的事，关键是我们不能错过预定的到站。

我们预定的到站并不等于人生的终点。但在人生的终点上，我们最好能含笑地说：我虽然错过的很多很多，却毕竟把握住了最关键最美好的，这样，“错过”便仿佛是碧绿的叶片，把一生中“收获”的七彩鲜花映衬得格外明艳！

思维是世界上最美丽的花朵

马长山

人类与社会

历史是不会止步不前的，即使它偶尔停滞了，也是在以另一种方式前进。

经常议论别人的缺点，你就是一个道德水准低下者；经常议论人类的缺点，你就是一个思想家。

历史往往是这样前进的：人们用一些不易察觉的谬误纠正那些显而易见的谬误。

人类和狮子都吃小动物：狮子是极其残忍地杀害它们，人类却文明多了。

社会是一个奇怪的地方，你急于要找的人大都地址不详。

人类只有找到一颗更适合自己践踏的星星，才会把地球一脚踢开。

人生与修养

儿童之所以幼稚可笑，是因为他们总是在不该说实话的时候说了实话。

当一个人不想再等运气的时候，他的运气也快要到了。

一个人在一生中至少要生几次气，因为你不可能对别人的好运气完全无动于衷。

我们大家都在朝坟墓走去，一路上却吵个不停。

人若是像一块耕地就好了——总是默默地奉献，所要的不过是几勺大粪和污水。

既然很多人都同意生活是一本书，那么里面出几个错别字就没有什么大惊小怪的。

规规矩矩走路的人也有不舒服的时候，因为规矩常常比他们的脚走得快。

老实人和不老实的人都会把头弄得青一块紫一块的。老实人经常碰壁；不老实的人经常跌跟头。

抛弃习惯是一件很痛苦的事情，因为它们是我们一点点看着长大的。

令人不舒服的消息，几乎总是真的。

交往与处世

棱角来自碰撞，失落于抚摸。

幕后人物更需要舞台。

真诚并不意味着一定要指责别人的缺点，但却意味着一定不恭维别人的缺点。

如同零是一个有效的数字一样，沉默是一种明确的意见。

狡猾与聪明的差距不是在智力上，而是在道德上。

恰到好处地说一点过头话，可以使别人更精确地了解你的意思。

上级应该了解下级，下级必须了解上级。

你只有经常睁一只眼闭一只眼，才有可能发现更多的秘密。

去除嘈杂与浮躁，平静才显出最本质的美

（美）詹姆斯·E·艾伦

心灵的平静是智慧美丽的珍宝，它来自于长期、耐心的自我控制。心灵的安宁意味着一种成熟的经历以及对于事物规律的不同寻常的了解。

一个人能够保持镇静的程度与他对自己的了解息息相关。人是一种思想不断发展变化的动物，了解自己，首先必须通过思考了解他人。当他对人对己有了正确的理解，并越来越清楚事物内部存在的相互间的因果关系时，他就会停止大惊小怪、勃然大怒、忐忑不安或是悲伤忧愁，他会永远保持处变不惊、泰然处事的态度。

镇静的人知道如何控制自己，在与他人相处时能够适应他人，别人反过来会尊重他的精神力量，并且会以他为楷模，依靠他的力量。一个人越是处变不惊，他的成就、影响力和号召力就越是巨大。即使是一个普通的商人，如果能够提高自我控制和保持沉着的能力，那他会发现自己的生意蒸蒸日上，因为人们一般都更愿意和一个沉着冷静的人做生意。

坚强、冷静的人总是受到人们的爱戴和尊敬。他像是烈日下一棵浓荫片片的树，或是暴风雨中抵挡风雨的岩石。“谁会不爱一个安静的心灵，一个温柔敦厚、不愠不火的生命？”

无论是狂风暴雨还是艳阳高照，无论是沧桑巨变还是命运逆转，一切都没有关系，因为这样的人永远安静、沉着、待人友善。我们称之为“静稳”的可爱的性格是人生修养的最后一课，是生命盛开的鲜花，是灵魂成熟的果实。静稳和智慧一样宝贵，其价值胜于黄金——是的，比足赤真金

还要昂贵。与宁静的生活相比，追逐名利的生活是多么不值一提。宁静的生活是在真理的海洋中，在急流波涛之下，不受风暴的侵扰，保持永恒的安宁。

我们都曾结识过许多人，他们因为火爆激烈的性格使自己的生活变得一团糟，他们毁灭了一切真与美的事物，同时也葬送了自己平稳安宁的性格，并将坏影响四处传播。大多数人都因缺少自我控制破坏了自己的生活，损害了原有的幸福。在生活中，我们碰到的真正能够沉着、冷静、保持平稳安宁的人真是寥若晨星。

是的，人性因为毫无节制的狂热而骚动不安，因不加控制的悲伤而浮沉波动，因为焦虑和怀疑而饱受摧残。只有明智的人，能够控制和引导自己思想的人，才能够控制心灵所经历的风风雨雨。

经历了暴风骤雨的人们，无论你们身处何方，无论你们身处何境，你们都知道——在生活的海洋中，幸福的岛屿在微笑挥手，理想的充满阳光的彼岸在等待着你们的到来。将你们的手牢牢地放在思想之舵上。在你们的灵魂深处有一个发号施令的主人，他可能在沉睡，唤醒他吧！自我控制是力量，正确的思想是优势，冷静是权力。请对你的心说：“平和、安静！”

不觉得自己在忍耐
是忍耐的最好方法

刘　墉

我有一位朋友，以耐性强、脾气好出名，许多别人遭遇到会焦躁不安或无法忍受的事情，他却能毫不在意、泰然处之。

“你能不能教我如何训练自己的耐性?”有一天我问这位朋友。

未料他摇摇头讲:“我不觉得自己曾经忍耐什么，又如何教你呢?”

“你已经教我了!”我说:“原来学习忍耐的最好方法，是不要让自己觉得在忍耐，这就好比‘解忧’最好的方法是‘忘忧’一般。”

学会忘却是人心灵的释荷 人生的升华

钟镜坤

著名画家张大千先生是个大胡子，浓密的胡须铺垂近腹。据说有一人见此，顿生好奇，问:“张先生，睡觉时，您的胡子是放在被子上面还是搁在里头的?”

大千先生一愣:“这……我也不清楚。是啊，我怎么没在意这个呢?这样吧，明天再告诉你。”

晚上就寝，大千先生将胡子撂在被子外头，好像不太对头;收进被子里面，又觉不自然。折腾了半宿，都不妥当。这一下他自己也犯愁了，以前这可不是什么问题呀，现在怎么成了件头痛的事呢?

大千先生的烦恼源于平常熟视无睹的小事引起了他的关注。生活中，心累通常是人为地在自己的思想上加压造成的。我们凡事太在意了，太在意邻里无意的评足，太在意同事间的小摩擦，太在意上司偶尔的责骂，太在意爱人一时的赌气。人生总会有烦心事，睁开两眼历历在目，闭上双眸空无一物，倘若凡事都记取，怎能不让人负重前行!

借钱是把人放在天平上过秤

佚　名

台湾名作家刘墉某日到一位教授家拜访，适逢教授的一位朋友去还钱。那人走了之后，教授就拿着钱感叹说："失而复得的钱，失而复得的朋友。"

刘墉听了，不解地问后一句话的意思。

教授说："我把钱借给朋友，从来不指望他们还。因为我想，如果他没钱而不能还，一定不好意思来；如果他有钱而想赖账，也一定不好意思再来，那么我吃亏也就一次，等于花点钱，认清了一个坏朋友。谈到朋友借钱，只要数目不太大，我总是会答应的，因为朋友应该有通财之谊。至于借出去之后，我从不去催讨，因为这难免伤了和气。因此每当我把钱借出去时，总有既借出钱又借出朋友的感觉；而每当他们把钱还回来时，我便有金钱与朋友一起失而复得的感觉。"

赞美是最有效的激励生长素

苏小凯

在电视上看到这样一个画面：记者请一位资深的老花农谈经验，他于是一边给一枝花示范施肥、浇水，一边讲解管理要领。末了，他抬起头看看镜头，以为节目结束，便俯下身子，轻轻抚摸着花枝，说："你今天好漂亮、好精神啊！"记者觉得奇怪，问："你每天都这样赞美它们吗？"

“不。但还是常有的。”老花农解释说：“花跟人一样，它能听懂你的话，及时得到表扬，一高兴长劲就大了，明天你来看，小家伙会长得更好呢！”

赞美一枝花，原来也是管理的经验之一。但与其说是技巧，倒不如说是一种爱心。植物不可能真正听懂人的话，但真正的爱心，却每时每刻感受得到的。它来自平常的琐碎，却超越了琐碎的平常，一肥一水，一笑一语，无不涵盖其中。

曾看到一个小女孩和一个小男孩在公园里追逐玩耍，小男孩不小心把一朵鲜花扯了下来。小女孩停下来，急得大叫：“你弄痛它了！”

花的感觉，小女孩是如何体验到的？可是，那种痛，经她那么一说，却分明在我们心中轻轻地蜇了一下，竟如此真切！有些疼痛，也许我们一辈子也体验不到；有些赞美，也许我们一辈子也来不及说出。但是，要知道，“人生一世，草木一秋”，好好爱一遭，也只不过短短一个“秋天”啊！

以出世的态度做人，以入世的态度做事

谢　冕

好像是朱光潜先生说过：“以出世的态度做人，以入世的态度做事。”我很信服这话，以为朱先生是用极简单的语言，说出了人生极复杂的道理。人生一世，如草生一秋，是匆匆而麻烦的短暂。所有的人上自帝王显贵，下至黎民苍生，都是这个匆匆舞台的演员和看客。无论是天才还是愚钝，到头来都摆脱不了一个毫无二致的结局。有了这样的洞察，人们就会在不免有些苍茫的悲凉中，获得某种顿悟。参透一切苦厄，把身外之物看

淡，豁达、潇洒，了无牵挂，无忧而有喜。我理解，这就是“出世”的思想，是指从总体上看，要把世事看淡。

但若只停留在这一层面上，那就确实有点“消极”的味道了。只讲“出世”而不讲“入世”，则对人生的体悟还说不上全面深刻。有了“入世”对于“出世”的加入和融会，就把人的高低、不同的境界区分了出来。

从具体上看，人活着要谋生，要做事，不论是为自己，还是为社会，都来不得半点虚妄。太阳每日升起，每日落下，一个人的一生能看到几次日出日落的景致？因此就要珍惜，决不虚度光阴。春花秋月，赏心乐事，酷暑严冬，黾勉苦辛。要每日都过得充实、有意义，有益于人，也有益于自己。积极，有效，把眼前做的每一件事，都看成盛大的庆典，既轰轰烈烈，又扎扎实实。不悲观，不厌世，一步一步坚定地向前走去。明知愈走愈接近那谁也无法逃避的终点，却始终是坚定地前行。这样的人生，是摆脱了大悲苦而拥有大欢喜的人生。

一句抚慰的话语
会温暖你一辈子的心灵

董保钢

有这么一个寓言故事。在茂密的山林里，一位樵夫救了一只小熊，老熊对樵夫感激不尽。有一天樵夫迷路了，遇见了母熊，母熊安排他住宿，还以丰盛的晚宴款待了他。翌日晨，樵夫对母熊说：“你招待得很好，但我唯一不喜欢的地方就是你身上的那股臭味。”母熊心里怏怏不乐，说：“作为补偿，你用斧头砍我的头吧。”樵夫按要求做了。若干年后，樵夫遇到了母熊，他问："你头上的伤口好了吗？"母熊说："噢，那次疼了一阵子，伤口愈合后我就忘了。不过那次你说过的话，我一辈子也忘不了。"

真正伤害人心的不是刀子，而是比刀子更厉害的东西——语言。古人说："口能吐玫瑰，也能吐蒺藜。"通过一个人的谈吐，最能看出其学识和修养。善良智慧或者温厚博学的语言，能融冰化雪，排除障碍直抵对方心岸。

读中学的时候，语文老师给我们讲过一个故事：

二次世界大战后期，盟军准备发动一次大攻势，盟军统帅艾森豪威尔在一天傍晚来到莱茵河畔散步，看见一个神情沮丧的士兵迎面走来。艾森豪威尔打招呼道："你还好吗？孩子？"那青年士兵回答："我烦得要命！"老师讲到这里，让我们猜猜艾森豪威尔将如何回答。

同学们纷纷举手，一个同学说："他是盟军统帅，一定会说战争就要打响，你为什么萎靡不振？"另一个同学说："你沮丧什么？是不是贪生怕死？"

后面发言的几位同学大都是差不多的说法。

老师摇了摇头："艾森豪威尔说，嗨，你跟我真是难兄难弟，因为我也心烦得很，这样吧，我们一起散步，这对你我会有好处。"

艾森豪威尔没有打任何官腔，他那平等、亲切的人情味，让那个士兵受到感动，并以有这样的统帅而振奋，后来在战场上表现得十分英勇，多次立功。

一句抚慰人心的话，能够照亮你的心灵，甚至会影响你一辈子的生活态度。因为一句话，总有一些身影让我们感动，总有一些面孔将我们暗淡的心重新点亮。

记得那个灰色的七月，高考落榜的我黯然神伤，无法面对现实。我的老师对我说："人生就是这样。快乐自然令人向往，痛苦也得承受，这是真实的人生之途。你不必为一次的失败而烦恼。其实人生的每一种经历都是一笔财富，就看你如何去体会，如何去理解。”最后他语重心长地对我说：“摔倒了就要爬起来，别忘了再抓一把沙子。”如今，将近8年了，老师的话还不时地在我的耳边响起。每当我遇到挫折时，我就会想起老师的话，吸取教训，鼓起勇气，迈向一个新的目标。

做人要厚道

刘诚龙

厚道犹如参天的大树，给你遮挡暑热炎凉；厚道有如坚实的舞台，容你演绎生旦末丑；厚道有如母性的怀抱，替你抚慰喜怒哀乐；厚道犹如宽广的大海，载你搏击风雨浪涛。

地基愈厚，愈能载高；础石愈厚，愈能负重；湖床愈厚，愈能纳深；人性愈厚，愈能爱众。

想要纪念碑高高耸天，首先要夯实底座；想要赞美诗远远传播，首先要充实内涵；想要伊甸园四季如春，首先要气候温厚；想让友谊之树常青不谢，首先要土地肥沃。

土地不厚，承不了山川海岳；人心不厚，得不到道义情谊。

厚道，就要心地单纯，化复杂的人生为简单处世；厚道，就要心胸宽广，化恩怨干戈为真情玉帛；厚道，就要心存善良，人负我，我不负人；厚道，就要心向美好，少栽刺，多栽花。

别人的心也许深不可测，而我清澈见底，是谓厚道；别人的心也许变化多端，而我常处恒态，是谓厚道；人家看人，以待己为是非，我看人，以对他为对错，是谓厚道；人家待人，以利己为恩怨，我待人，以利人为取舍，是谓厚道；人以地位升浮为亲疏，我以感情真假为远近，是谓厚道；人以得失为得失，我以善恶为善恶，是谓厚道。

人给我自尊，我还他高尚；人给我快乐，我还他幸福；人给我宽容，我还他真诚；人给我抚慰，我还他热情；人给我希望，我还他感激；人给我亲切，我还他尊敬。

人给我一道横眉，我给他一张笑脸；人给我一枝暗箭，我给他一束鲜花；人给我一个陷阱，我给他一双肩膀；人给我一句坏话，我给他一曲赞歌；人给我一回屈辱，我给他一顶桂冠。

厚道，既是以心换心，以情还情；也是以德报怨，以善报恶。

第四章　人生因梦想而伟大

我们要开花，因为我们知道自己有最美丽的花，有最庄严的使命

林清玄

在一个偏僻遥远的山谷里，有一个高达数千尺的断崖。不知道什么时候，断崖边上长出了一株小小的百合。

百合刚刚诞生的时候，长得和杂草一模一样。但是，它心里知道自己并不是一株野草。

它的内心深处，有一个内在的纯洁的念头："我是一株百合，不是一株野草。唯一能证明我是百合的方法，就是开出美丽的花朵。"

有了这个念头，百合努力地吸收水分和阳光，深深地扎根，直直地挺着胸膛。

终于在一个春天的清晨，百合的顶部结出了第一个花苞。

百合的心里很高兴，附近的杂草却很不屑，它们在私底下嘲笑着百合："这家伙明明是一株草，偏偏说自己是一株花，还真以为自己是一株花，我看它顶上结的不是花苞，而是头脑长瘤了。"

公开场合，它们则讥讽百合：“你不要做梦了，即使你真的会开花，在这荒郊野外，你的价值还不是跟我们一样。”

偶尔也有飞过的蜂蝶鸟雀，它们也会劝百合不用那么努力开花：“在这断崖边上，纵然开出世界上最美的花，也不会有人来欣赏呀!”

百合说：“我要开花，是因为我知道自己有美丽的花；我要开花，是为了完成作为一株花的庄严使命；我要开花，是由于自己喜欢以花来证明自己的存在。不管有没有人欣赏，不管你们怎么看我，我都要开花!”

在野草与蜂蝶的鄙夷下，野百合努力地释放内心的能量。有一天，它终于开花了，它那灵性的白和秀挺的风姿，成为断崖上最美丽的颜色。

这时候，野草和蜂蝶再也不敢嘲笑它了。

百合花一朵一朵地盛开着，花朵上每天都有晶莹的水珠，野草们以为那是昨夜的露水，只有百合自己知道，那是极深沉的欢喜所结的泪滴。

年年春天，野百合努力地开花、结籽。它的种子随着风，落在山谷、草原和悬崖边上，到处都开满洁白的野百合。

几十年后，远在百里外的人，从城市，从乡村，千里迢迢赶来欣赏百合花。许多孩童跪下来，闻嗅百合花的芬芳；许多情侣互相拥抱，许下了“百年好合”的誓言；无数的人看到这从未见过的美，感动得落泪，触动内心那纯净温柔的一角。

那里，被人称为“百合谷地”。

不管别人怎么欣赏，满山的百合花都谨记着第一株百合的教导：

“我们要全心全意默默地开花，以花来证明自己的存在。”

太阳总是在有梦的地方升起，没有美丽的梦想就没有灿烂的人生

罗　西

雪野茫茫，你知道一棵小草的梦吗？寒冷孤寂中，她怀抱一个信念取暖，等到春归大地时，她就会以两片绿叶问候春天，而那两片绿叶，就是曾经在雪地下轻轻地梦呓。

候鸟南飞，征途迢迢。她的梦呢？在远方，在视野里，那是南方湛蓝的大海。她很累很累，但依然往前奋飞，因为梦又赐给她另一对翅膀。

窗前托腮凝思的少女，你是想做一朵云的诗，还是做一只蝶的画？

风中奔跑的翩翩少年，你是想做一只鹰，与天比高，还是做一条壮阔的长河，为大地抒怀？

我喜欢做梦。梦让我看到窗外的阳光，梦让我看到天边的彩霞；梦给我不变的召唤与步伐，梦引领我去追逐一个又一个的目标。

1952 年，一个叫查克·贝瑞的青年，做了这么一个梦：超越贝多芬！并把这个消息告诉柴可夫斯基。

多年以后，他成功了，成为摇滚音乐的奠基人之一。梦赋予他豪迈的宣言，梦也引领他走向光明的大道。梦启发了他的初心，他则用成功证明了梦的真实与壮美——因为有了梦才有梦想；有了梦想，才有了理想；有了理想，才有为理想而奋斗的人生历程。

没有泪水的人，他的眼睛是干涸的；

没有梦的人，他的夜晚是黑暗的。

太阳总在有梦的地方升起；月亮也总在有梦的地方朦胧。梦是永恒的

微笑，使你的心灵永远充满激情，使你的双眼永远澄澈明亮。

世界的万花筒散发着诱人的清香，未来的天空下也传来迷人的歌唱。我们整装待发，用美梦打扮，从实干开始。等到我们抵达秋天的果园，轻轻地擦去夏天留在我们脸上的汗水与灰尘时，我们就可以听得见曾经对春天说过的那句话：美梦成真！

人生的希望长在信念的沃土里，好好培植我们自己的沃土

杨立平

曾经去过一个远近闻名的贫困山村，四面被大山环绕着，至今没有通上电，村里没有人坐过也没见过火车是什么样子，村民穿着自家织布的衣服，家家户户的房子是用泥土垛成的。

贫穷以致如此，人们的脸上该是哀戚的吧？以前曾目睹过太多被贫穷毁掉的东西，如被贫穷毁掉的幸福，被贫穷毁掉的欢乐，被贫穷毁掉的爱情，被贫穷毁掉的友情、人格、高尚，等等。我几乎相信这贫穷是无坚不摧的了，以为这世上真的没有比贫穷更坚硬的东西了。

那天，在那个贫穷的山村里，在一家同样贫穷的泥屋里，我的眼睛被火一样的东西燃着了。那是一片片烂漫地开着的小花，那火红的、嫩黄的、雪白的、粉色的小花，热烈地环绕着低矮的泥屋盛开着，是的，它们被种在同样低矮破旧的院子的泥墙上。

我结结巴巴地问房主人：“花是可以这么种的么？”粗布衣衫的主人安详地回答说：“花不这样种又怎样种呢？花本来就是开在泥土中的嘛。”

是的，在现代人的心目中，以鲜花之尊、之贵、之美、之芬芳，它该

被高高地供奉到殿堂上，应握在初恋的少女的手心里，应开在整洁美丽的花园里。它应当是人精心培养呵护的结果。现代人几乎忘了，无论是多么尊贵的花，都是来自泥土，来自那平常又平常、卑贱又卑贱的泥土啊！

然而，若要花朵在贫穷的泥墙上吐露芬芳，除了那平常又平常的泥土外，还要有一种至尊无比的东西做这鲜花必不可少的养分，那就是屋主人超越贫穷的信念。一个被贫穷压垮了的人，一个被贫穷的洪水冲刷掉心中信念的人是没有勇气再去栽植鲜花的。那么信念该是比贫穷坚硬又坚硬的东西吧？

握住生活的信念，把它变成广大的沃土。在上面，栽植上幸福和欢乐，栽植上爱情和友情，培植出高尚和人格，这样的人生，不是同样会芳香四溢、美丽无比么！

有时人生只需一捧土。

心灵里点一盏灯
黑暗也无法局限她

林清玄

我认识一个朋友，在一家医院被医师检查出罹患胃癌，只剩下 3 个月到 6 个月的寿命。

朋友是行政机关的高级主管，事业蒸蒸日上，家庭幸福美满，突然知道自己得了癌症，一时万念俱灰，决定不告诉家人，独力承担生病的痛苦，并利用仅存的时间安排后事。

“说来非常奇怪，从检查出癌症的那一天开始，平常兢兢业业耗尽心力经营的事业，变得一点都不重要了。平常被疏忽的亲人朋友，突然变得非常重要，几乎一天也舍不得和他们分开。思考的空间也突然从现实的世界跳出，会想到死亡，想到死后的世界，想到如何迎接死的来临。”朋友说。

朋友饱受了许多心灵与肉体的折磨，一个半月之后，在另一家医院复诊，发现原来是误诊，他的胃一点毛病也没有。

“真奇怪，从医师告诉我胃癌的那一天开始，我的胃每天都疼痛不堪，要吃很多药来止疼；确定是误诊以后，胃病就霍然痊愈了。”朋友说。可见心灵的力量是非常巨大的。

知道误诊之后，他把一个半月的身心煎熬告诉妻子。妻子说：“怪不得这一个半月你对我特别体贴，从来没生过气，原来是这样呀。”

他把事情经过告诉朋友，朋友都义愤填膺，问他是哪一家医院，哪个医师，应该控告，请求赔偿。他说：“事实上，我很感激那个医师，他完全打开了我的心眼，想到了从前没有想到过的问题；他也使我像死过一回，许多事都不再介意执着了。”

但是，最使他震动的是他读中学的女儿。当他把误诊的经过告诉女儿，女儿问他：“爸爸，你不会只活 3 个月，那么，你究竟还可以活多久呢?”

女儿又追问他：“爸爸，如果你不知道可以活多久，你也没什么改变，那和被误诊又有什么不同呢?”

朋友受到女儿的刺激，生活的态度完全改变了。他说：“用心地努力工作，这是此岸；更用心地疼惜亲人，这是彼岸。处理紧急的事情，这是此岸；着力于重要的事情，这是彼岸。经营人世的事业，这是此岸；经营生死的解脱，这是彼岸……那个医师是我的老师，把我从此岸带到彼岸；我的女儿也是我的老师，帮我打破了两岸的界限。”

我开玩笑地说：“这就好像打通了任督二脉啊。”

朋友说：“不是，这是‘两岸猿声啼不住，轻舟已过万重山’。身心都感到泰然轻松了。”

与朋友道别后，在返家的路上，我想到平常我们确实很少思考生死的问题，而且我们花了太多的时间在无谓的事情上，生命是如此短暂，我们又有多少时间思考关于这有限的生命呢？

回到家，我把灯开亮，看见黑暗与光明是同一个空间，点了灯就大有不同。黑暗的心与光明的心又有什么不同？只是心里点了灯罢了，对心中点灯的人，黑暗也无法局限他了，何况是情感的风波呢？

生命因为梦想而美丽，因为实现了梦想而伟大

林清玄

要写我的母亲是写不完的，我们家五个兄弟姊妹，只有大哥侍奉母亲，其他的都高飞远扬了，但一想到母亲，好像她就站在我们身边。

这一世我觉得没有白来，因为会见了母亲，我如今想起母亲的种种因缘，也想到小时候她说的一个故事：

有两个朋友，一个叫阿呆，一个叫阿土，他们一起去旅行。

有一天来到海边，看到海中有一个岛，他们一起看着那座岛因疲累而睡着了。夜里阿土做了一个梦，梦见对岸的岛上住了一位大富翁，在富翁的院子里有一株白茶花，白茶花树根旁下有一坛黄金，然后阿土就醒了。

第二天，阿土把梦告诉阿呆，说完后叹一口气说：“可惜只是个梦！”

阿呆听了信以为真，说：“可不可以把你的梦卖给我？”阿土高兴极了，就把梦的权利卖给阿呆。

阿土卖了梦就回家了，阿呆买到梦以后就往那个岛出发。

到了岛上，阿呆发现果然住了一个大富翁，富翁院子里果然种了许多茶树，他高兴极了就留下做富翁的佣人，做了一年，只为了等待院子里的茶花开。第二年春天，茶花开了，可惜，所有的茶花都是红色，没有一株是白茶花。阿呆就在富翁家里住了下来，等了一年又一年。许多年过去了，有一年春天，院子里终于开出一棵白茶花。阿呆在白茶花树根旁掘下去，果然掘出一坛黄金，第二天他辞工回到故乡，成为故乡最富有的人。

卖了梦的阿土还是个穷光蛋。

这是一个童话，母亲常说："有很多梦是遥不可及的，但只要坚持，就可能实现。"她自己是个保守传统的乡村妇女，和一般乡村妇女没有两样，不过她鼓励我们要有梦想，并且懂得坚持，光是这一点，使我后来成为作家。

即使我的青春正在消逝，可是我的心仍富有好奇，富有激情，富有梦想

罗　西

一位忘年交60岁生日时，在他要吹灭两根红蜡烛前，我们请他许个愿，他朗声念道：让我一切从头开始！

年老的他，原来所向往的还是开始。确实，一切能从头再来，凡事一定会比第一次做得更好。

而每一年的新春之际，在我们仰头聆听元旦的钟声时，每个人心中总会涌动一个新的祈愿、新的希望。岁月终又赐给年轻的我们一个机会，一个全新的开始——

有人祈愿天下太平，让和平的鸽子衔来祥云朵朵。

有人祈愿心想事成，万事如意，每一天都笑口常开。

有人祈愿，爱神垂青，花期如潮。

有人祈愿，财神赐福，吉星高照。

有人祈愿，天下的苍蝇死光，天上的月亮不残缺。

有人祈愿，风过双肩，心火常驻；雨掠发际，微笑依然……

青春年华，每一个新年都可以拥有一个传奇的开始，一个故事的起点……

没有愿望的燕子叫什么？

没有祈祷的人又叫什么？

人们都说，一切随缘，但我更相信缘是随愿而生的。缘起，暗喻一种未了，去存续遥远前的一个愿，或补叙一个曾经不很完美的情节。有愿就会有缘，没有愿望，就是有缘，也会错过。

在元旦的钟声中，在狂欢的歌舞后，朋友，你许了什么愿？我的祈愿是：美梦成真，缘随愿来！

人生的价值在于觉醒，而不在于生存

高喜伟

“知足知不足，有为有弗为”。这两句话，我把它作为自己人生航程上的路线。尽管最后到达的地方尚未可知，但我相信，沿着这条航线前进，无疑是明智的。

人生在世，面临着许多选择。在哪些方面知足，在哪些方面又应该不知足，这是一项决定一个人前途命运的选择。对于我来说，衣食住行方面自己很知足：布鞋布衣，只要不会太冷也不至太热，那就不错；粗茶淡饭，只要一日三餐天天不断，这就很好；寒窗陋室，只要能遮风挡雨，也不嫌寒酸。我不在物质生活上斤斤计较，因为我觉得人生应该有更高、更远的追求。只有这样，人在白头时才能无怨无悔，才会觉得对得起自己，未虚此生。在学识方面，我又很不知足，总是贪得无厌，常常企望自己能有李杜之才华、司马迁之史笔、庄生之达观。思而不得，寤寐求之；生无所息，死而后已。对于我来说，人生更高更远的追求即在于此。

知足，然后能无为；知不足，方能有所为。领悟了这一点，人活着就能清醒而不会盲目，奋发有为而不至于碌碌无为。世界上的事情太多了，知道哪些是应该做的，并且自己也确有能力去做，确有兴趣去做，便不懈努力，持之以恒，这是一种智慧，也是一种幸福。有些事虽然也是应该做的，但自己的能力有限或者兴趣不在这里，也应知足，也应舍去。有所不为才能有所为。若无论巨细事必躬亲，结果就会事事无成。

勇于舍弃与勇于追求，这都是明智的表现。亚里士多德曾言：“人生的价值在于觉醒而不是生存。”是啊，人是该对自己、对社会有个清醒的认识，然后做出明智的选择。

在你的土地上和心灵里都播下绿色的希望吧，你的青春是永恒的

王源碑

天快亮的时候，有一个人在我家门前栽树。我睡得像块石头，没有听到刨土的声音。

呵，一棵小枫树！

“是谁带你来的呀?”

树调皮地笑着：“我不说。这是秘密。”

每一天，我给小树浇灌清泉。

小树，长得和我一样高了。

小树，渐渐长得像一个巨人了，而我还是那么矮小。

她撑开一把绿色的大伞。从此，我有了一片绿色的天空。

我的天空有着淡淡的香味。无论我离开她多远、多远，无论遇到什么风雨，她那兰草般的气息，总是固执地萦绕着我，给我无尽的希望和微笑……

不知是怎么的，忽然，我发现自己已经很老很老了。于是，我赶回故乡，想看看那棵树。

呵，阔别多年的枫树！它和我一样，仿佛来到世上只有一瞬间，却已跨进人生的深秋。可是，它却显得很年轻，好像生命刚刚开始。迎着霜风、白露，那些绿的叶子，已经不是纯粹的绿色，渐渐地现出鹅黄色的、水红色的花纹，每片树叶，都像一幅无题的图画，渐渐地，它们又变成一色的深红，在艳艳阳光下，赠我一片红宝石般的天空！

呵，我的天空默默地对我说：

美是忘我。

美是奉献。

美是无限的、无休无止的创造……

我不能忘记那个栽树的人，尽管我不认识他。

最近，故乡一个老人来信告诉我：“在四十年前，一个冬日的夜晚，一个追求真理的植物学家，曾走过我们的荒村，他背着雨伞，也背着绿色的树苗，他一路走，一路栽树……你家门前那枫树，一定是他栽的了……”

可敬的播种者呵，如今，你在哪里呢?

我想：衰老和死亡都不属于你，你的青春是永恒的。

当你沮丧时，
有比一米还长的希望在等着你实现

张小娴

夜里，翻看很多年前写的日记，其中一天，我抄下了这个句子：“人有多悲观看他肯失去多少，人有几许希望看他要得到些什么。”

这句话，不知是在哪里看到的。当时为什么会抄下来，我已经不记得了。时隔多年，这两句话依然给我留下了深刻的印象。

悲观者常感怀身世，认为自己拥有的太少。他们拥有的那么少，其实是因为从来不珍惜。

不珍惜的结果便是失去。

开始了第一步，失去的便越来越多，先是斗志，然后是时间、梦想、快乐、朋友、幸福和希望。

绝境未必是绝境，当你无论如何也不肯失去时，你才有机会得到。

这一刻，什么是你最想得到的?

你的答案排列起来，比一米还要长。那恭喜你，你是个充满希望的人。

若有人说你妄想，说你贪婪，不用理会他。

在达到希望的过程里，你会愈来愈清楚自己，知道哪些才是你最想得到的。

有了目标，便有希望。失望沮丧时不妨想想，你那比一米还要长的希望在等着你去实现。

把命运交给自己，自己的梦应该自己去圆

叶剑虎

“不必守候，不必为谁停留”。小马怀着这种信念，毅然决然地迈出第一步，第二步，第三步……河水不太深，也不太浅，小马最终还是过去了，昂首阔步的，宛如一个凯旋的战士。它成功了，尽管也曾为牛大伯和小松鼠的话困惑过，尽管也曾踟蹰徘徊于河边，但它毕竟理智地握住了自己的缰绳，获得了胜利。

也许你会问，这年轻美好的生命究竟是否值得为此去“孤注一掷”？那么我要告诉你，既然人生赐予我们搏的本能，搏的机会，既然不想养就鸡的钝羽而想铸成鹰的力翅，何不放开手脚去搏击风云？更何况，这又哪里是“孤注一掷”呢？

有人说，多数人凭经验生活，只有少数人靠思想驾驭。也许每一个人都渴望自己是生活中的强者，但强者必须有强者的素质。只有那些用思想驾驭人生的人才能成为真正的强者。

对于《命运》交响曲这部阔大雄奇堪与宇宙媲美的作品，竟由一位完全耳聋的人写成之众所周知的事实，直至今天，我们仍有无从想象之感。对于贝多芬，一位音乐家，耳聋给他带来的绝境，我想就如失明之于凡·高、断腿之于罗纳尔多一样不可思议。然而更不可思议的是，那势在必行的绝境居然没有出现，取而代之的却是他达到并永远立于人类音乐史的峰巅。这种奇迹，对一个没有真正感悟人生真谛的人来说，简直是天方夜谭。然而贝多芬却听到命运的敲门声，并且扼住了命运的咽喉。我想，

这也许才是他真正的伟大之处吧！

“奋斗者未必都能成功，但成功者没有一个不经过奋斗。”不知是谁说过这么一句话。前面的路就像河水一样总也看不清楚深浅，不知道属于自己的将是泥沼断壁还是金光大道。但是，我坚信命运掌握在自己手中。虽然一次次失败，一次次痛苦，一次次迷惘，却依然豪气万丈；拍拍身上的灰尘，继续我们的征程，抱着一份刘禹锡“直与天地争春田”的豁达上路。幸福不是毛毛雨，梦也不是红蜻蜓。自己的梦应该自己去圆。

勇往直前吧，小马！不必守候，不必为谁停留，前面将是片一望无垠的、绿绿的草原……

不要把目光定格太远，这样你会高不可攀

陈　彤

几年前我的状态糟透了。当时一个朋友跟我说，高处有月亮，但是假如你的目标是苹果，就不必飞得那么高。因为，如果你的目标是苹果，而你飞到1万米高空，那么你既得不到月亮也看不见苹果。对于月亮来说，1万米和0米没有什么区别，而对于苹果来说，没有那么高的苹果树。

正是那时我总结出过好日子的重要方法之一，就是适当地降低飞行高度。我见过很多人把自己的人生目标定得非常高，总是实现不了，于是越来越灰心，最终连目标也没有了。

说一个真实的故事吧。一个女人一直“待价而沽”，她有体面的职业、良好的教育背景，而且人也很能干，一段锦绣前程展现在她的眼前。但是她一直没有找到合适的男朋友，这让她很不满意，她觉得至少应该有

男人来爱她——她有那么多的可取之处。她等了很久，以致后来开始抱怨自己“曲高和寡”。一个听她抱怨的人说：“既然你觉得高处不胜寒，为什么不下来一点呢?”于是，这个女人就稍微降低了一点自己的“飞行高度”，也就是说她不再像展翅高飞的雄鹰一般，对男人一律采取“鸟瞰”的态度——于是立刻发现自己有好多选择对象。

门是我们的梦想和期待

鲍尔吉·原野

如果说，摇篮是童年的象征，一杯热茶是温暖的象征，启动的车窗上握紧的手是友情的象征，那么，家的象征就是——门。

门的朴素的脸上，写着我们的寄托、欢喜和庇护。在心底抹不去的记忆里面，清晰地记得门的表情。

当受了委屈的孩子，从外边跑回家，双手刚刚拍到门上时，便开始大哭。在这里，门划分了“他们”和“我们”。从门开始，生活呈现的是另外的世界。

儿童初窥世事的时候，用肩膀倚在自家的门上往外张望，仿佛那边是海，这边是岸。

在暗夜里回家，推开门，先看到母亲在油灯下抬起的脸，她咬断缝衣的线，从锅里端出温热的饭菜。后来，我想到母亲时，白发、端碗的浮筋的手，和门上木纹的肌理叠印在一起。在乡愁的心海上幻化。

靠在家的门上，可以痛哭；可以蹲在它的脚下，以指尖蘸唾沫翻小人书；可以用粉笔在上面画线，看自己长了多高。推开门之后，传来“吱呀”的回应，这是家的歌声。站在门边，如同站在父兄的脚下。

有一段时间，父亲不在家，母亲每天深夜返回。那时，我和姐姐常常夜深了还不敢睡觉，在被窝里等待敲门声。轻轻拍门的声音，使我们在无数夜晚一跃而起，抢着给妈妈开门。那时候，开门就有妈妈。

有一年，我们全家人返回家中。使我眼湿的，是看到了我家的门。它淳厚，蓝漆里面隐约透出涟漪似的木纹，像老友一般蔼然。我感到，对家的渴念，包含秘密与惊喜，都包含在见到门的最初一眼里面。

离家远行时，回首，目光流连的地方包括家里那扇门。我们从外面所能看到的家，只有门。

如果回家，阔别之后的柔情会在抚到门的那一刻激发。拍一拍它，它装满期待。门的后面，包括门，是我们的家。

每天给自己一个希望，我们的未来就是丰富多彩的人生

王虎林

有位医生，素以医术高明享誉医学界。他的事业蒸蒸日上，但不幸的是，就在某一天，他被诊断患有癌症。这对他不啻当头一棒。一度，他曾情绪低落，但后来他不但接受了这个事实，而且他的心态也为之一变，变得更宽容、更谦和、更懂得珍惜他所拥有的一切。在勤奋工作之余，他从没有放弃与病魔搏斗。就这样，他平安地度过了好几个年头，到现在，他依然活得很快乐。有人惊讶于他的事迹，问是什么神奇的力量在支撑着他。这位医生笑盈盈地答道：是希望，几乎每天早晨，我都给自己一个希望，希望我能多救治一个病人，希望我的笑容能温暖每个人。

这位医生不但医术高明，他做人的境界也很高。在这个世界上，有许

多事情是我们难以预料的。但是，我们不能控制机遇，却可以掌握自己；我们无法预知未来，却可以把握现在；我们不知道我们的生命到底有多长，却知道自己该怎样选择生活；我们左右不了变化无常的天气，却可以适时调整我们的心态。只要活着，就有希望；只要每天给自己一个希望，我们的人生就一定不会失色。

每天给自己一个希望，哪怕这个希望小得不能再小，只要我们有信心有恒心去求它去实现它，我们就不但会收获快乐，而且会让人生不断丰盈。每天给自己一个希望，就是给自己一个目标，给自己一点信心，给自己一点战胜自我的勇气。希望是什么？是引爆生命潜能的导火索，是激发生命激情的催化剂。每天给自己一个希望，我们将活得生气勃勃，激情澎湃，哪里还有时间去叹息去悲哀，将生命浪费在一些无聊的事情上？

生命是有限的，但希望是无限的。只要我们不忘记每天给自己一个希望，我们就一定能够拥有一个丰富多彩的人生。

第五章　人格就是力量

君子的高尚是可以写出来的座右铭

丁家桐

君子喻于义
君子坦荡荡
君子之交淡如水
君子一言，快马一鞭
谦谦君子

君子的说法，我们久违了。这绝不是说，这些年没有君子了，而是对于道德行为的评价，时代不同，说法也不同了。说法尽管不同，人心总有一杆秤，谁是君子，谁离君子还差那么一点点，心里总有个谱。用中华文化雨露灌溉的土地上，君子是个客观存在。

君子喻于义。君子不是不明白利的重要，物质是基础。只是，在物质利益面前伸手不伸手，君子比别人多一层思考。普通人首先想到的是合法不合法，不合法的利益得到了可能还要加倍吐出来。但法这东西不等于义，法不治众，合法的未必都合情合理。所以，君子在物质利益面前他还要问问良心，问问天理。油锅里的钱他不会捞，于良心不安的利益他不会沾。俗说是君子爱财，取之有道。时髦派看来这就是大傻瓜了，事实上君子就是这个样子。

君子坦荡荡。君子有错，自责甚严，不攀张攀李。君子不欺人，不夺人之所爱，办不到的事也不会把糖涂在你鼻子上，吊你的胃口。君子与你不睦，他不会否定你的长处，关键时踩你一脚。君子不媚人，不注意看人家的眼色，更不习惯夜深人静时悄悄敲门，悄悄送礼。君子不害人，别人五分错，他不会说七分八分，别人落了井，他不会再丢块石头，表示和自己没关系。

君子之交淡如水。君子有朋友，但大都是来来往往一杯茶。君子之家也有种种为难的事，因为怕找人，孩子叽咕归他叽咕，老婆埋怨归她埋怨，亲戚咒骂归他咒骂，只是相信天无绝人之路。君子未尝不想有成就，但是不靠帮，不靠派，出不了头，也就天不怪，地不怪。

君子一言，快马一鞭。君子约你七点钟见面，一般他不会七点一刻才到。君子答应你的事，不需要你再说第二遍。

谦谦君子。君子廉洁，不会到处哭穷；君子做善事，不会到处张扬；君子勤恳，不会到处叫苦；君子和人家一起拍电视、拍照片，不会到处抢镜头。只有“君子动口不动手”，这话说对了一半。人家刀子捅来了，总得自卫。君子吃点小亏就算了，亏吃大了，总得讨个公道，讨个说法。还有“先君子后小人”说法也未必完全。真君子不能总是为小人制服，一旦发了脾气，火上来了，“君子来了劲，小人没得命”，闹得小人目瞪口呆。君子还是君子。

人之一生，沉沉浮浮，认识不少人，其中颇多君子，值得奉为楷模，长久怀念。识别君子，有一条重要标准，那就是真君子往往不自夸，不卖弄，不以君子自诩。“积丘山之善，未为君子”，君子总是觉得自己不够。至于那些天天标榜如何高大、完美、廉洁、侠义、善良、劳苦的人，倒是要提防一下，看看货色真假，动动脑子鉴别鉴别。

心底无私，才能保持自身的高贵

李雪峰

一个精明的荷兰花草商人，千里迢迢从遥远的非洲引进了一种名贵的花卉，培育在自己的花圃里，准备到时候卖上个好价钱。对这种名贵的花卉，商人爱护备至，许多亲朋好友向他索要，一向慷慨大方的他却连一粒种子也不给。他计划繁育三年，等拥有上万株后再开始出售和馈赠。

第一年的春天，他的花开了，花圃里万紫千红，那种名贵的花开得尤其漂亮，就像一缕缕明媚的阳光。第二年的春天，他的这种名贵的花已繁育出了五六千株，但他和朋友们发现，今年的花没有去年开得好，花朵略小不说，还有一点点的杂色。到了第三年的春天，他的名贵的花已经繁育出了上万株，令这位商人沮丧的是，那些名贵的花的花朵已经变得更小，花色也差多了，完全没有了它在非洲时的那种雍容和高贵。当然，他也没能靠这些花赚上一大笔。

难道这些花退化了吗？可非洲人年年种养这种花，大面积、年复一年地种植，并没有见过这种花会退化呀。百思不得其解，他便去请教一位植物学家。植物学家拄着拐杖来到他的花圃看了看，问他："你这花圃隔壁是什么？"

他说："隔壁是别人的花圃。"

植物学家又问他："他们种植的也是这种花吗？"

他摇摇头说："这种花在全荷兰，甚至整个欧洲也只有我一个人有，他们的花圃里都是些郁金香、玫瑰、金盏菊之类的普通花卉。"

植物学家沉吟了半天说："我知道你这名贵之花不再名贵的致命秘密

了。”植物学家接着说：“尽管你的花圃里种满了这种名贵之花，但和你的花圃毗邻的花圃却种植着其他花卉，你的这种名贵之花被风传授了花粉后，又染上了毗邻花圃里的其他品种的花粉，所以你的名贵之花一年不如一年，越来越不雍容华贵了。”

商人问植物学家该怎么办，植物学家说：“谁能阻挡住风传授花粉呢？要想使你的名贵之花不失本色，只有一种办法，那就是让你邻居的花圃里也都种上你的这种花。”

于是商人把自己的花种分给了自己的邻居。次年春天花开的时候，商人和邻居的花圃几乎成了这种名贵之花的海洋——花朵又肥又大，花色典雅，朵朵流光溢彩，雍容华贵。这些花一上市，便被抢购一空，商人和他的邻居都发了大财。

近朱者赤，近墨者黑。高贵也是这样，没有一种高贵可以遗世独立。要想保持自己的高贵，就必须拥有高贵的“邻居”；要想拥有一片高贵的花的海洋，就必须与人分享美丽，同大家共同培植美丽。只有这样，我们才能保持自身的纯洁和华贵。

心灵无私，这是我们保持自身高贵的唯一秘密。

平凡的尘世掩埋不住闪光的灵魂

罗　西

优雅的清洁工

在老家的县城，有一位年轻英俊的清洁工，他每天早晨拉着垃圾车经过我家楼下时，都会晃动他手上的摇铃。当我提着垃圾袋走向他时，他总是微笑着，在垃圾车旁，优雅地做个“请”的姿势，就像在说“欢迎光临”。

他总是打扮得很整洁，甚至时髦，干干净净的，像是在做一件很体面、荣耀、骄傲的事。有一次，我还看见他用扫帚对准了地上的一个烟蒂，摆出打高尔夫球的姿势，一杆把烟蒂挥入距离二三步远的畚箕内，还顽皮地对我扮了个鬼脸……

我不知道他的名字，只知道他正值青春年华。原来他在省城一家宾馆里当迎宾先生，后来因为老父病重，便回老家照顾病人，同时兼做了一名清洁工。

在与垃圾打交道中，他总能抱着一颗感激的心，因为有事做是最重要的。被他优雅、自信、有礼的言行所感动，每次倒垃圾时，我都不忘说声“谢谢”。对此，他很激动。他说他永远不会看轻自己，但仍然在乎别人的尊重与肯定。

他把“劳动”两个字演绎得尊贵无比。

一天见他一次，真是三生有幸。因为，他不仅帮我们带走了生活垃圾，也净化了我们日渐蒙尘的内心。

朗读残破的脸

被丧心病狂的男友毁容后的台湾女孩曾德惠，从容地站在记者面前。她面目全非，但仍调侃说：“如果大家看到我洁白的牙，说明我在笑!”经过40多次手术，痛得她没空想别的，包括去恨什么人。

为了谋生，她上街兜售干燥花香包；为了未来，她决心上大学，但必须从高中读起……“我没有手了，没有耳朵，没有鼻子，嘴巴合不拢，最要命的是，连胸部都烧掉了。”

她讲得很轻松，像在讲别人的故事，不过，她担心以后没有男人会再爱上自己。有一次，她去影院看恐怖电影《贞子》，上厕所出来，她说，没被“贞子”吓倒的观众，反而被我给吓倒了！

她笑着说，听的人却难过不已。

每次出门，她会在全身唯一完好的部位——10 个脚趾上涂层蓝色指甲油，以提醒自己曾经有过的美丽。

可敬的曾小姐没有扔掉镜子，因为她要面对现实，有时，这比面对死亡更需要勇气！

丧失了自尊心的人是一个没有出息的人

陈立君

那是一个名气很大的合资公司，招聘一名总经理助理，年薪 20 万。刘露在众多应聘者中脱颖而出，最后一关是外方总经理面试。

总经理对她进行了两个多小时的面试，刘露从经营方略到内部管理以及新产品开发等方面阐述了自己的想法。总经理认真地听着，不时赞许地点点头，显然他对刘露很满意。

“好了。”总经理说，“讲了半天，口一定渴了，我也有些口渴，请你去买两瓶矿泉水来。”说着递给刘露一张百元大钞。

刘露走到街上，买了两瓶矿泉水，回来递给总经理，把剩下的钱一分不差地交给总经理。她认为这很可能也是考试内容的一部分。

果然，总经理打开一瓶矿泉水，说：“这是今天测试的最后一道题目了。你给人留下了很好的印象，如果这道题你能回答得让我满意，你将通过今天的测试。这道题是这样的：假如这两瓶中有一瓶被人掺了毒药，当然目标是针对我的，现在我命令你先尝一尝。”

刘露说："我明白你这是在测试我对公司和对你的忠诚程度，也许我尝了你就会录用我，但我不能尝，虽然我很想得到总经理助理这个位子，但我认为这是对我人格的污辱。"

总经理怒道："这次应试者有上千人之多，我别说让他们喝这没毒的矿泉水，就是真的让他们吃屎，他们也吃！"

刘露正色道："我认为你刚才说的话与你的身份地位很不相称，对不起，我觉得今天的测试该结束了。"说着要起身离去。

总经理立刻和颜悦色地说："请原谅，刚才只是测试，我很欣赏你的反映和品格。请坐，是的，今天的测试你通过了。祝贺你被录用了。"

刘露说："招聘是双向选择，你的测试我通过了，但我对你的测试却没有通过，你不是我想象中的老板。再见！"说完，拂袖而去。

管理的艺术是宽容

佚　名

一位德高望重的长者，在寺院的高墙边发现一把座椅，他知道有人借此越墙到寺外。长老搬走了椅子，凭感觉在这儿等候。午夜，外出的小和尚爬上墙，再跳到"椅子"上，他觉得"椅子"不似先前硬，软软的甚至有点弹性。落地后小和尚定睛一看，才知道椅子已经变成了长老，原来他跳在长老的身上，后者是用脊梁来承接他的。小和尚仓皇离去，这以后一段日子他诚惶诚恐地等候长老的发落。但长老并没有这样做，压根儿没提及这"天知地知你知我知"的事。小和尚从长老的宽容中获得启示，他收住了心再没有去翻墙，通过刻苦的修炼，成了寺院里的佼佼者，若干年后，成为这儿的长老。

无独有偶，有位老师发现一位学生上课时时常低着头画些什么，有一天他走过去拿起学生的画，发现画中的人物正是龇牙咧嘴的自己。老师没有发火，只是憨憨地笑道，要学生课后再加工画得更神似一些。而自此那位学生上课时再没有画画，各门课都学得不错，后来他成为颇有造诣的漫画家。

通过上面的例子，设想一下除去其他因素，归结到一点：主人公后来有所作为，与当初长老、老师的宽容不无关系，可以说是宽容唤起的潜意识，纠正了他们的人生之舵。

宽容不仅需要“海量”，更是一种修养促成的智慧，事实上只有那些胸襟开阔的人才会自然而然地运用宽容；反之，长老若搬去椅子对小和尚“杀一儆百”也没什么说不过的，小和尚可能从此收敛但绝不会真正反省，也就没以后的故事。同样，老师对学生的恶作剧通常是大发雷霆继而是狠狠批评，但也因为方式太“通常”了，就很难取得“不通常”的效果。其实这都涉及一个问题，即管理。所谓管理说到底就是理顺人与人的对应关系，使管理者和被管理者之间达到和谐的统一。真正上档次的管理是一门艺术。你可以把对方“管”得规规矩矩“理”得笔笔直直，但你不会运用宽容，就可能把人的可塑性和创造力给泯灭，焉又有“艺术”而言?!

宽容是一首优美动听的歌，她给宽容的发出者也带来好心情。也许她的效应不在眼下却在将来，不管怎样都是美好的。

因为宽恕，我们的人格才伟岸如山

（美）安德鲁·马修斯

“一只脚踩扁了紫罗兰，它却把香味留在那脚跟上，这就是宽恕。”

我们常在自己脑子里预设了一些规定，认为别人应该有什么样的行为。如果对方违反规定，就会引起我们的怨恨。其实，因为别人对“我们”的规定置之不理，就感到怨恨，不是很可笑吗？

大多数人都一直以为，只要我们不原谅对方，就可以让对方得到一些教训，也就是说：“只要我不原谅你，你就没有好日子过。”其实，倒霉的人是我们自己：一肚子窝囊气，甚至连觉也睡不着。

下次觉得怨恨一个人时，闭上眼睛，体会一下你的感觉，感受一下你的身体，你会发现：让别人自觉有罪，你也不会快乐。

一个人爱怎么做就怎么做，能明白什么道理就明白什么道理。你要不要让他感到愧疚，对他都差别不大——但是却会“破坏你的生活”。万事不由人，台风带来豪雨，你家地下室变成一片泽国，你能说“我永远也不原谅天气”吗？万一海鸥在你的头上排泄，你会痛恨海鸥吗？既然如此，又为什么要怨恨别人呢？我们没有权力控制风雨和海鸥，也同样无权控制他人。所有对别人的埋怨、责备都是人类造出来的。

谈到宽恕，首先就要原谅父母。天下没有十全十美的父母，他们当然并不完美。而且当年你还小的时候，市面上也还没有现在流行的一百分父母之类的育儿经，令尊令堂除了自己摸索门路外，还有许许多多其他事要操心！不论他们有什么不对的地方，都已经是陈年往事了。只要你一天不能原谅父母，就一天不能心安理得地过日子。

令人心碎的事、大病、孤寂和绝望每个人都难以幸免。失去珍贵的东西之后，总有一段伤心的时期。问题是，你最后到底变得更坚强还是更软弱?

宽容，显示出人格的魅力与高雅

王龙宝

宽容是一门交际的技术。它润滑了彼此的关系，消除了彼此的隔阂，扫清了彼此的顾忌，增进了彼此的了解。宽容打开两颗相对封闭的心灵，像一种明澈而柔润的调和剂，使之相融相知。懂得宽容的人生是美丽的。

宽容是一门修身养性的学问。它戒除了忧烦急躁，抑制了悔憎恨怨，平息了对恣纠争，避免了嫉妒猜疑。宽容舒展了已久的沉郁的思绪，如一缕轻风，将自己拂作一朵漂白的云，游于碧空之上，悠然自得。懂得宽容的人生，是高雅的。

宽容不是怯懦，不是在威逼利诱前诚惶诚恐，阿谀奉承，低头哈腰；不是在是非曲直面前，唯唯诺诺，人云亦云，颠倒黑白。

宽容不是交易，不是为了得到别人的信任，甜言蜜语，口是心非，笑里藏刀；不是为了获取更多的权益，小恩小惠，虚情假意，收买人心。

“大度能容，容天下可容之事；笑口常开，笑天下可笑之人。”身在红尘，却超凡脱俗，海阔天空，胸无城府，是宽容。

“刚直不阿，留将正气冲霄汉；忧愁发愤，著成信史照兴衰。”忍辱含屈，却万丈豪情，执着信念，成就天下，是宽容。

“君子食无求饱，居无求安，敏于事而慎于言。”静对华贵，不拘小节，忘却功利，咬定青山，壮志抒怀，腾达事业，是宽容。

“千磨万击还坚劲，任尔东西南北风。”不惧迫胁，笑对困扰，排忧解惑，心如磐石，不卑不亢，是宽容。

宽容是一江春水，抒写了温馨、闲适与融洽，让人在柔和舒适间倍感亲切。

宽容是一泻瀑布，宣誓了奔放、热切与自信，教人在壮美和激情中意气风发。

宽容体现了人格，它将友爱、体贴、理解与气度凝缩于一点儿。无论是儒家的“仁”“义”，墨家的“兼爱”“非攻”，还是道家的“修身养性”……无不包含了丰厚的宽容哲学。世间因为有了宽容而爱意浓浓，美丽祥和。

朋友，当我们宽容他人，善待良知，从而化解了一段幽怨、赢得一份友谊、争得一份感情时，谁不会为此而激动万分，惬意无限呢？

朋友，当我们深陷苦闷，忧谗畏讥，山重水复之时，突然获得别人的理解、鼓舞与开拓，谁不会因之心潮澎湃，热泪盈眶，感激之情溢于言表呢？

宽容是金。

最佳的安慰方式
是在安慰中寓以鼓励

金　人

在生活中，我们时常得到别人的安慰；那么反过来，安慰别人也是我们应尽的义务。可是，应当怎样去安慰呢？

一个朋友生病了，你到医院或他家里看他。你也许会说：“安心地休养一些时候吧，你不久一定会康复的。”你大概以为这是最妥善的安慰话了吧！但照谈话的艺术看来，这两句话不过是一种善意的祝愿，却不能算是安慰。“你不久一定会康复的”，除了医生，病人不会从任何人口里因听到这话而感到宽心。

那么应说些什么呢？

如果你的朋友虽然不能走路，但却有谈话的精力，那么你去探问病者不一定要直接地说安慰话的，因为那些话他也许听得厌烦了。病榻的生活是最无聊最枯燥的，给他说说外面有趣的新闻，一些幽默的生活描述吧，让他从你的探问中得到一点愉快，这就是给他的最大安慰。他将如何一再喜悦地回味啊。

永远不要絮叨地去直接问病人关于他详细的病状和调治方法，他也许已经对别人说过一百次了，为什么你还要麻烦他呢。关于这些事情，还是问他家人为好，不要以为直接问病人是表示你的关心，其实这是骚扰罢了。

假如你一定要说几句安慰的话，那么第一不要装成你怜悯他的样子，没有几个人受得起别人怜悯的。因为你越怜悯他，越使他觉得自己的疾病是一种痛苦，所以我们要用相反的方法。记得我有一次生了小小的毛病，卧在床上不能起来，一个朋友来看我，他一见我就说了这样的话：“你多么幸运啊，唯愿我也生点小病，好让我也能安静地躺在床上休息几天。”听了这话，我想起每天繁忙的工作，不觉为自己的病能暂时摆脱一切而私自庆幸起来。

另外有一次，这朋友一道和我去看一个伤寒病者。临走的时候，他对病人说：“你的危险时期已过，好了之后你将再不会害伤寒病了，你比我们多了一重保障。”我相信这话一定会在病人的心里闪出光亮的。

安慰一个病人的家属也不易奏效。与其说几句空泛的话，不如给他一些使他宽松一下紧张神经的言语。

安慰一个死者的家属，最好的方法是不要提及死者，让他暂时忘记那些无可挽回的不幸。何必为表示你的惋惜而重又撩起别人的悲哀呢？

但有些人却在深深的悲痛中似乎不愿或不能忘却那不幸者。那么富兰克林的几句话可供参考："我们的友人和我们，像被邀请到一个无期限的筵席里。因为他们较早入席，所以他就比我们先行离去，我们是不会如此凑巧地同时离席的，但当我们知道我们迟早也跟他们一样地要离开欢乐的筵席，并且还一定会知道将在何处可以找到他时，我们对于他的先走一步为什么要感到悲哀呢!"

在日常生活里，需要安慰别人的机会更多。一个朋友受不了苦恼的折磨哭起来了，你不要立刻过去劝他不要哭，这是不能解除他的痛苦的。让他好好地哭一会儿吧。在他的感情找到了宣泄的出路以后，你的几句勉励便胜过千百句劝他不要哭的话。

对别人的不幸表示同情，也是给别人安慰。"这算得了什么呢?""何必为此而苦恼呢?"如果你仅仅谈这两句话，而不能进一步解释为什么这算不得什么，那么你还是不说为佳。他心里可能会说："你懂得什么！你只会说风凉话，难道我是为了不值得的事情自寻烦恼吗?"

所以，安慰的首要条件是同情。"我明白你的痛苦，不过在人生的过程中，偶然的苦恼是难免的，我们不能希望四时皆春。今天虽然下雨，明天阳光依旧会照临大地。"这样的话，不是更为得体吗?

但是最佳的安慰方法还是在安慰中寓以鼓励。有一次，我向一个朋友诉苦，说我虽已有十年的笔墨生涯，可至今却还无一张宽大的书桌。我的朋友听了，却安静地说了句比简单的同情更为深挚的话，他说："世界上伟大的杰作都是从小书桌上产生的。"

有内涵，有深度的人百看不厌

（新加坡）尤今

有一类人，像古井。

表面上看起来，是一圈死水，静静的，不管风来不来，它都不起波澜。路人走过，都不会多看它一眼。

可是，有一天，你渴了，你站在那儿淘水来喝，这才惊异地发现，那口古井，竟是那么的深，深不可测；掏上来的水，竟是那么的清，清可见底；而那井水的味道，甜美得让你魂儿出窍。

才美不外露，已属难能可贵；大智若愚，更是难上加难。

世人都迫不及待地把自己所拥有的抖出来让别人看。肚里有一分的，说他有两分；有两分的呢，说他有三分……

“有麝自然香”已变成了令人发噱的“天方夜谭”；“无麝放假香”，才是处世真理。

正因为如此，一旦发现了古井，便好似掘到了金山银库，有难以置信的惊喜——原以为它平而浅，实则它深又深。上至天文，下至地理，无所不知，知无不言。你掏了又掏，依然掏之不尽。每回掏出来的话语，都闪着智慧的亮光，你从中得到了宝贵的启示，你对人生有了更坚定的信念。

这口古井不肯、也不会居功，它静静伫立，看你变化、看你成长。你若有成就，它乐在其中而不形之于外。

古井，可遇而不可求，一旦遇上，是你的造化。

贫穷并不可怕，可怕的是在贫穷中失去自尊

佚　名

一个青年只身来到城市打工，工作勤奋，不久老板将一个小公司交给他打点，他将这个小公司管理得井井有条，业绩直线上升。一个外商听说之后，想同他洽谈一个合作项目，当谈判结束之后，他邀请这位也是黑眼睛黄皮肤的外商共进晚餐。晚餐很简单，几个盘子吃得干干净净，只剩下两个小笼包子，他要求服务员给他打包带走，外商当即站起来表示明天就同他签合同。席间，外商轻轻问他，你受过什么教育？他说我家里很穷，父母不识字，他们对我的教育是从一粒米、一根线开始的。父亲去世后，母亲辛辛苦苦地供我上学。她说，俺不指望你高人一等，你能管好自己就中……此时，在一旁的老板眼里有些湿润，他端起酒杯激动地说：我提议敬她老人家一杯，你受过最好的教育。

贫穷并不可怕，可怕的是人在贫穷中什么也学不到，并进而失去人的自尊。

爱的力量表现在关心和体贴与己无关的事和人

佚　名

一个相貌平平的女孩，在一所极普通的中专学校读书，成绩也很一般。她得知妈妈患了不治之症后，想减轻家里的一点负担，并希望利用暑假的时间挣一点钱。她到一家公司应聘，经理看了她的简历，没有表情地拒绝了。女孩收回了自己的材料，用手掌撑了一下椅子站了起来，觉得手被扎了一下，看了看手掌，上面沁出了一颗红红的小血珠。原来椅子上有一只钉子露了出来。她见桌子上有一条石镇纸，于是拿来用它将钉子敲平，然后转身离去。可是几分钟后，经理却派人将她追了回来，她被聘用了。

一个在爱中长大的人，她最好的回报也是爱，当爱促使一个人去做她很难做到的事情时，这足以证明爱的力量。

而在一件很细小的、与自己无关的事情上也能体现对别人的体贴和关心的人，她所受到的爱的教育无疑是成功的。

诚实比一切智谋都好，它是最好的策略

佚　名

有一个岗位需要招人，先后来了四位应聘者，在招聘条件一栏中，有一项条件是必须具备两年以上工作经验，但面对招聘者的拷问，应聘者很快显示出对这一行的无知。最后来了一位男学生，他坦率地对招聘者说，自己不具备这方面的工作经验，但对这项工作很感兴趣，并且有信心经过短暂的实践后，能够胜任它。招聘者毫不犹豫地录用了他。此后男学生和那个招聘者曾经有过这样一段话，那个招聘者说，有很多求职人在介绍自己的情况时并不诚实，而他为什么能够诚实相告呢?

他说，小时候有一次他拣了钱，奶奶问他时他撒了谎。奶奶朝他屁股上重重地打了一下，然后告诫他说：“穷不可怕，只要你诚实，你就有救。”他说他永远记住奶奶的话。

试想一个人不敢正视自己的不足，想依靠骗人取得别人的信任，能行得通吗？一个诚实的人其实是最需要勇气的，他必须敢于面对事实和真理，在别人含含糊糊、唯唯诺诺的时候，勇敢地指出真相。

诚实比一切智谋都好，因为它是智谋的源泉。

在物质面前我们很难区分贫富，但在精神面前我们却看得清楚

许申高

我在深圳给小有名气的“大款”方先生开车期间，他正追着一位姓申的女大学生。

那是一个寒冷的冬日，方先生终于与申小姐有了第一次约会。共进午餐后，申小姐接受了方先生的进一步邀请，坐车来到了方先生的住处——位于龙华的一幢豪华别墅。

下车后，我们看见门柱上斜靠着一个懒洋洋的乞丐。他身上裹一件脏兮兮的棉衣，瑟瑟发抖地望着我们。

心情很好的方先生赶紧走上去问他：“你是不是想吃点什么?”

想不到乞丐回答道：“这会儿太阳很好，我吃饱喝足了，只想在您这儿晒会儿太阳。还想……”

“还想什么?”方先生从口袋里掏出100元钱，晃动在乞丐眼前，调侃地追问道，“别难为情，尽管说吧，我会满足你的。”他料定一个乞丐的要求不会特别难以应付。

“我想……”乞丐支吾着，最后鼓起勇气说，“您千万别笑话我。您可以想象我的日子，饭是每天都能吃上的，只可惜好长时间没读书了，总想讨一本看看，可是一直难于启齿。您能不能让我进您书屋里，随意挑一本书呢?”

方先生一下子愣住了。一方面，他惊奇于这个乞丐非同寻常的奢求；

另一方面，他羞愧自己满足不了这个乞丐这一简单的要求；更重要的是，让申小姐目睹了自己的窘迫！

乞丐也看透了方先生的尴尬，急忙说："天底下没书的人很多。只是，我没想到这家房屋的主人也会没有。不好意思，打扰您了。"说罢，抬腿欲走。那溢于言表的鄙薄与不屑令在场的人都很难堪。

一直在一旁不动声色的申小姐急忙走上去，将随身携带的一本文摘读物递给乞丐，和颜悦色地说："也许，你会喜欢这本书，不妨读读吧。"

乞丐接过，连声道谢，然后席地而坐，旁若无人地读了起来。

这天送走申小姐后，方先生满腹心事。看来，他想博得申小姐的满意尚有一定的障碍。

不久的一天，方先生突然做出决定："阿伟，送我去书店。"

在书店经理室，方先生将一张2万元的支票拍在办公桌上，对接待他的小姐说："愿意与我做成一笔大生意吗？"

小姐说："当然愿意。不过，我们这儿无什么大生意可言，只有书，您任意选吧。"

方先生将支票扔到小姐面前，说："我才懒得选，拜托你了。下午两点，我来取货。"

小姐惊奇地盯着眼前这个财大气粗的人，不知如何应付。当方先生准备调头而去时，她才醒过神来追问道："您想要一些什么书呢？"

"只要是书，只要有名气。"方先生头也不回地说。

下午两点，我们驱车来到书店。那位小姐将支票还给方先生，并说："很抱歉，我们经理不想接受这笔生意。"

方先生再一次愣住了，他咆哮道："你们的经理呢？让他出来见我。"

"不必了。"小姐笑笑，"我们经理看过支票，就知道您是谁了。他要我一定转告您：本书店没一本可以束之高阁的废书。每一本都是有灵魂的生命，都有情有独钟的恋人，最终总会归其所爱。"

我们是什么往往比我们做什么更重要

佚　名

有一华侨，在国外事业做得很大，但思乡情重，想出资在家乡办厂。

消息传开后，很多人纷纷与他联系，愿意与他合作在家乡开办工厂，因为大家都看到此事有利可图。这让老华侨在挑选合作者时犯了难。

最后，他在众人之中挑了两个比较合适的人选，想在他们两人中挑出一个与自己合作，并把他在国内投资的所有经营都交给他管理。有一天，他叫来那两个人说："我本人没有什么爱好，唯独酷爱下棋，今天，你们谁下赢了我，那么我就会与谁合作。"

那两个人也都是下棋高手。第一个人与老华侨下了起来，最后老华侨以微弱的优势战胜了那个人。

第二个人很精明，在下棋当中，老华侨转身去倒了一杯水，第二个人以为他不在意，偷偷换了一个棋子，其实这一切全被老华侨从玻璃的影像上看到了。最后，第二个人获得了胜利。

但是，后来，老华侨却选择了下输棋的那个人来管理自己在国内的事业。他说，第一个人虽然没有赢我，但是他却是凭着自己的实力没有想着去要小计谋，诚心诚意地与我对弈。这也是一个人的人生态度问题，从中可以看出他是可信的。而第二个人却偷换了一个棋子，虽然这是一个小事情，但是却可以看出他的品质低下，为人不诚，与这样的人合作是不能让我放心的。

第六章　爱，被爱，分享爱

因为爱心，疲惫的心灵才活力无穷

佚　名

A

爱心的含义极其深厚广阔，像久远的高原，像浩荡的海洋。不，什么都无法比拟，爱心布满宇宙，无边无际；爱心贯穿历史，无始无终。

B

太阳是富有爱心的，阳光下的生命才可以从容地诞生；一粒沙，一片树叶，一方土石，才都有生命繁衍的足迹。所有的眼睛，才可以藐视黑暗；所有的季节，才可以周而复始如那架循回的水车。

一扇敞开的窗射进一束光芒，一个童话于是诞生了。

月亮和星星是富有爱心的，许多的美丽才从此降临，如天穹下飘扬的洁白的羽毛。所有的语言都因此变得温柔，所有的动作都因此符合静谧中万物的节律。

远离战争。

远离灾难。

C

河流靠了岸的合作，才能奔涌向前；桅帆靠了风的合作，才能飘扬不落。山峰因为平地而拔起，森林因为土壤而繁盛。

一切和谐的声音，都得感谢寂静的衬托；

一切美丽的相逢，都得感谢最初的机缘。

这机缘源于爱心。

D

因为爱心，流浪的人们才能重返家园；因为爱心，疲惫的灵魂才会活力如初。

所以，我们才噙着热泪跋涉不息，去寻找那一份属于自己的爱心，它总是隐居在一个最深最柔软的角落。

伟大的，又是圣洁的。

E

爱着世界，让世界也爱着你。

让所有的善良在你心头驻足，让所有的真情占领属于你的每一个时辰。

渴望爱心，如同星光渴望彼此辉映；渴望爱心，如同世纪之歌渴望永远唱下去……

一杯牛奶可以拯救一个人的生命，请不要和善良擦肩而过

吕　航

一天，一个贫穷的小男孩为了攒够学费正挨家挨户地推销商品，劳累了一整天的他此时感到十分饥饿，但摸遍全身，却只有一角钱。怎么办呢？他决定向一户人家讨口饭吃，当一位年轻美丽的女子打开房门的时候，这个小男孩却有点不知所措了，他没有要饭，只乞求给他一口水喝。这位女子看到他饥饿的样子，就拿了一大杯牛奶给他，男孩慢慢地喝完牛奶，问道："我应该付多少钱？"年轻女子回答道："一分钱也不用付。妈妈教导我们，施以爱心，不图回报。"男孩说："那么，就请接受我由衷的感谢吧！"说完男孩离开了这户人家。此时，他不仅感到浑身是劲儿，而且还看到太阳正朝着他点头微笑，那种男子汉的豪气像山洪一样迸发出来。

其实，男孩本来是打算退学的。

多年之后，那位年轻女子得了一种罕见的重病，当地的医生束手无策。最后，她被转到了大城市由专家会诊治疗。当年的那个小男孩如今已是大名鼎鼎的霍华德·凯利医生了，他也参与了医治方案的制定。当看到病历上所写病人的来历时，一个奇怪的念头霎时间闪过他的脑际。他马上起身直奔病房。

来到病房，凯利医生一眼就认出床上的病人就是那位曾帮助过他的恩人。他回到办公室，决心竭尽所能来治好恩人的病。从那天起，他就特别关照这个病人。经过艰辛努力，手术成功了。凯利医生要求把医药费通知

单送到他那里，在通知单的旁边，他签了字。

当医药费通知单送到这位特殊的病人手中时，她不敢看，因为她确信，治病的费用将会花去她的全部家当。最后，她还是鼓起勇气，翻开了医药费通知单，旁边的那行小字引起了她的注意，她不禁轻声读出来：

“医药费——一满杯牛奶。

霍华德·凯利医生”

心疼别人，有时就是心疼我们自己

简　单

这个故事发生在抗美援朝时期。在一场异常激烈的战斗中，一架敌机飞速向我方阵地俯冲下来，正当班长准备卧倒的时候，突然发现离他四五米远处有一个小战士还在那儿直愣愣地站着，好像在思考着什么，根本没有听到敌机的轰鸣声。班长顾不上多想，一下子扑了过去，将小战士紧紧地压在身下。一声巨响过后，班长站起身来拍拍落在身上的泥土，正准备教育这位小战士时，他回头一看，顿时惊呆了，刚才自己所处的那个位置被炸成了一个大坑。

小战士是幸运的，而更加幸运的是班长，因为他在帮助别人的同时也帮助了自己。

还有一个故事，是火车上乘警讲的。

有一天深夜，轮到这位乘警值班。在巡逻时，他发现一个小偷正将手伸进一位睡熟乘客的口袋，他大喊一声后，立即追了过去。小偷向餐车方向逃去。他知道，火车正在高速地飞奔着，小偷是不敢跳车的，除非他是疯子。乘警渐渐放慢了脚步，开始用对讲机和餐车那头的乘警联络。可是正在这时，火车突然停了。

只见小偷迅速地跃上一个敞开的窗口，当时他想：完了，这家伙要逃掉了。正在小偷准备跳下去的时候，听到一个孩子、一个蓬头垢面在餐车里捡酒瓶的男孩的尖叫声。小偷回头一看，孩子头上的鲜血直流，是急刹车时男孩一头撞在了车厢上。小偷犹豫了一下，又迅速从窗口上跳了下来，一把抱起小男孩向乘警奔来，慌慌张张地问："医务室在哪儿?"

小偷被抓住了，可乘警说这个小偷真是太幸运了。乘客们不解地问："为什么?"乘警的回答使大家浑身一颤：因为火车当时所在的地方，两边是万丈深渊。

这两个故事使我想起了在美国波士顿，在一座犹太人被屠杀的纪念碑上面，刻着一个名叫马丁的德国人留下的一首悔恨诗："初起他们追杀共产主义者，我不是共产主义者，我不说话；接着他们追杀犹太人，我不是犹太人，我不说话；此后他们追杀工会成员，我不是工会成员，我继续不说话；再后来他们追杀天主教徒，我不是天主教徒，我还是不说话；最后，他们奔我而来，再也没有人站起来为我说话了。"

在漫漫人生长河中，肯定会遇到许许多多的困难，但我们是不是知道，在前进的路上，搬开别人脚下的绊脚石，有时恰恰是为自己铺路。心疼别人，有时就是心疼我们自己。

善是人们精神上最好的太阳

何素青

有个衣着朴素的老婆婆经过检票口时，怯怯地要把用报纸包着一些东西要送给我。她神情谦顺，站在检票口旁边。等旅客都走光了，才将我拉到一边，颤抖地说：“小姐，这是我家自己种的山蕉，跟你们平常吃的香蕉不一样，给你吃吃看。我特地从山上带来给你的，外表不好看，不过真的很好吃，希望你不要嫌弃。”

她恭敬地抱着两串山蕉，请我无论如何都得收下。可是我跟她素昧平生，怎么好意思收？她将山蕉轻轻摆在检票口边上，拉着我的手说：“小姐，你不记得我了？上个月我来这里找儿子，不小心把钱包弄丢了，而我儿子的电话号码却在钱包里面。我在候车室坐了几个小时，你请人买面给我吃，你忘了？”我赶紧在脑海里搜寻这老太太的影子，却一点印象也没有。

“小姐，我回家后，每天都想快点来跟你说谢谢，顺便还面钱给你。”

她越说，我的脸越红。一碗面才几块钱，她却一直牢牢记住，实在让我不好意思。

“多谢你，钱你收回去。面我请，山蕉你请，好吗？我祝你身体康健。”

她见我收下山蕉，开心地跟着儿子走了，我抱着山蕉进办公室，满怀的蕉香，让我有点飘飘然。如果人世间的真善美都能够借一碗面、两串山蕉慢慢舒展开来，多么美好啊。

我们无法选择被爱，但我们有责任去爱一切人

安　然

也许人的一生当中不是人人都能碰到生死的抉择，但大大小小、轻轻重重的抉择无处不在。它可以改变一个人的前途，也可以改变一个人的

命运。

我是一个平凡又不平凡的人，我认为我的抉择我的决定要比一般人都多。我是一个普通的中学生，从小到大一直在书海和老师的包围下成长，可能就是这种环境下让我有了一种另类的想法。在我小学到初中时期，我的学习成绩一向不错，不知为什么上了高中后我有了“厌学症”，到了高二我经常逃学，不管干什么我都不愿意去学习。我的学习一落千丈，所以我没有了学习的动力。在这途中父母强迫我去学习，希望我回心转意，可是我却因为他们离家出走了。我出走过两次，一次是去了河南的开封，一次是去了晋城。当时我就是想去证明没有文凭没有学历也一样的生存。在我被劝回家后我坚决不上学，父母也是为了我的安全着想，怕我再次离家出走，他们妥协了。就这样我成了一名社青，每天没有事做，生活的空虚无聊。有一天，我终于意识到了父母对我的苦心，我后悔，每天都在自责。父母就像那位登山者，他们再次挽救了我，挽救了我的前途，挽救了我的人生。

他们为了我，在西安找了一所学校，是专修我的音乐专业的。妈妈在夏天带着我去西安看学校，火热的太阳顶在头上，没有半点的怨恨。这就是母爱，这是最伟大最纯洁的爱，自己得不到任何好处，可是为了自己的孩子她愿意，她愿意把自己所有的东西都付出。当我们坐火车返回太原的时候，妈妈睡着了，自从我不上学以来我觉得这是她睡的最甜最安稳的一觉，因为她的儿子还会继续上学，她又一次可以看到儿子美好的前途。她欣慰，她欣慰自己儿子还是一个好孩子。

妈妈老了，看上去不再年轻漂亮，这有一多半是我的原因。我好想对妈妈说一声对不起，“妈妈，我让你操碎了心”。听爸爸说，在我小的时候身体很不好，是医院的常客，那时我住院妈妈一星期都不回家，在病房陪我，照顾我。每次听爸爸给我讲我小时候的事，我的眼泪都在止不住地往下流。其实我这次上学不因为什么，就因为我的妈妈，是妈妈为我做的一切打动了我，是她给了我再次上学的机会。我也会为了我的妈妈努力去学习，努力去拼搏。这个月底我就要去西安上学了，我想为我的妈妈做点事，让她高兴的事，我看到了 XX 晚报的《征稿启事》，我想这会是我临走前能让妈妈欣慰的一件事，我要让天下人都知道，我有一个最好的妈妈，她会为自己儿子牺牲一切。

“妈妈，我爱你，请你原谅我以前所做的事，妈妈对不起，儿子让你操心了。”

这就是我的爱的抉择，这个抉择将会改变我的前途和命运，我会把握这次机会，做出让妈妈高兴自豪的事情来。

给人以人格和精神上的尊重才是真正的助人

蒋光宇

一次，特级教师魏书生从盘锦市到沈阳市出差。在列车上与他对面而坐的是位老人，蓬头垢面，衣衫褴褛，忧虑重重，郁闷不语；列车快到沈阳的时候，列车员开始验票，其他乘客都出示了车票，只有老人掏出来的是张纸条。老人面带难色地解释说，自己和侄子同去北京，没想到两人在拥挤的人流中走散了。他身无分文，实在没法买车票回老家了。北京市的公安派出所为照顾他，给他开了这张证明，希望列车上的工作人员能给予免票。列车员听后，认为老人可同情，就没让老人补买车票。

魏书生观察到，老人舍不得吃手里的那半个硬面包，只看着别人大吃大嚼。他还看得出来，老人自尊心强，耿直倔强。魏书生把手伸进了兜里，悄悄摸出两元钱来。两元钱，正好可以为老人买份盒饭。但魏书生没有当众把钱递给老人，或干脆买份盒饭端给老人。如果他这样去接济老人，估计老人会坚持不要的，即使勉强收下，也会很不自然。

魏书生静静地坐了一会儿，列车缓缓地开进了沈阳车站。魏书生下车后，没有直奔出站口去，而是绕到老人座位的那个车窗口，轻声叫过老人，不惹人注意地把两元钱塞到老人手里，不等老人拒绝，便迅速转身离开了列车。

魏书生把两元钱送给急需帮助的人，这对他来说实在是微不足道，因为他曾把两万元送给急需帮助的人。但这件给人两元钱的小事中的细节，能给人一个重要的启示：帮助人，不仅要给人物质上的施舍，而更重要的是给人以人格和精神上的尊重。

唯有像花的人，才有资格拥有花

林清玄

我每一次去买花，并不会先看花，而是先看卖花的人，因为我认为一个人如果不能把自己打扮得与花相衬，是不应该来卖花的。

唯有像花的人，才有资格卖花。

像花的人指的不是美丽的少女，而是有活力、有风采的人。

所以，每次我看到俗人卖花，一脸的庸俗或势利，就会感到同情，想到我国民间有一种说法，有三种行业是前世修来的福报，就是卖花、卖伞和卖香。那是因为这三种行业是纯善的行业，对众生只有利益，没有伤害，可以一直和人结善缘。

可叹的是，有的人是以痛苦埋怨的心在经营这纯善的行业。

我经常去买花的一家花店，卖花的是一位中年妇人，永远笑着，很有活力；永远穿着干净而朴素，却很有风采。

当我对她说起民间的说法，赞美她说："老板娘一定是前世修来的福报，才能经营这纯善的行业呀！"

她笑得很灿烂，就像一朵花，不疾不徐地说："其实，只要有纯善的心，和人结善缘，所有的行业都是前世修来的。"

真情是人世间永远的太阳

栾承舟

有一个富翁，年轻时家里很穷，他的父母都是农民，他从小就生存在一种饥饿和窘迫之中。节日的花衣服、过年的压岁钱、喜庆的爆竹、父母的呵护……这些本该属于孩子的专利，都与他无缘。

最使他难忘并终生感恩的是小伙伴们对他无私、真诚的帮助和呵护。只要小伙伴手里有两块糖果，肯定就会有他的一块；伙伴手里有一个馍馍，那肯定有他的一半。在贫穷和饥饿之中，还有什么比这更宝贵的东西呢？

一眨眼30年过去了。在这段时间里，世界上的许多事情都变了模样。此时，富翁步入中年，外出闯荡的他已今非昔比。30年的奔波劳碌、摸爬滚打，算计别人也被别人算计，富翁一路风尘地走过来了，成为一个稳健、精明、魅力非凡的企业家。有一天，少小离家的他动了思乡之念，于是，在一个艳阳高照的日子里，富翁回到家乡。当日，他走遍全村，感谢叔伯大爷、兄弟姐妹这些年来对父母的照顾，并每家送了一份礼品。夜里，富翁在自家的堂屋里摆桌请客，赴宴者全是从小光着屁股一块儿长大的玩伴，他们自然也是四十几岁的中年人了。

按那里的风俗，赴宴者都要带点礼品表示谢意。大家来的时候，都带着礼品，有的还很丰厚。富翁令人一一收下，准备宴席之后，请大家带回。当然，还有自己馈赠的礼品。

正在大家热热闹闹、布菜斟酒的时候，门开了，一个儿时旧友走进门来，他的手里提着一瓶酒，连声说：“对不起，我来晚了。”

大家都知道这个朋友日子过得很艰难，其情其境，一点儿不亚于富翁儿时。富翁起身，接过朋友提来的酒，并把他拉到自己身边的座位上坐下，朋友的眼里闪过几丝不易觉察的慌乱。

富翁亲自把盏，他举着手里的酒瓶，说：“今天，我们就先喝这一瓶酒，如何?”一边说，一边给大家一一倒满，然后他们一饮而尽。

“味道咋样?”富翁问。所有赴宴者面面相觑，默不作声。旧友更是面红耳赤，低下了头。

富翁瞧了一眼全场，沉吟片刻，慢慢地说：“这些年来，我走了很多地方，喝过各种各样的酒，但是，没有一种酒比今天这瓶酒更好喝，更有味道，更让我感动……”说着，站起身，拿起酒瓶，又一次一一给大家斟酒，“再干一杯。”

喝完之后，富翁的眼睛湿润了，朋友也情难自抑，流泪了。

他们喝的哪里是酒，分明是一瓶水啊!

世界上还有比这更感人的场面吗?还有比这更宝贵的东西吗?朋友不以贫穷自卑，提一瓶水也要去看看儿时的朋友；发迹的富翁不忘旧情，不以为忤，反而大受感动，情不自禁，以至下泪，这瓶“水酒”真的是含着重如泰山、穿越世俗的真情啊！所以，当我们身左身右的人，在人生路上遇到艰难，陷入泥泞之时，朋友，请伸出你的手来，把你的温暖、关怀送给他们，把真情送给他们，他们将因此而充满笑迎风雪的勇气和力量……真情，是人世间永远的太阳!

世间因为有了我，
别人的生活会过得更美好

（英）泰斯特

这天终将来临——在一所出生和死亡接踵而来的医院内，我的身躯躺在一块洁白的床单上，床单的四角整齐地塞在床垫里。在某一时刻，医生将确诊我的大脑已经停止思维，我的生命实际上已经到此结束。

当这一时刻来临时，请不必在我身上装置起搏器，人为地延长我的生命。请不要把这张床叫做临终之床，把它称为生命之床吧。请把我的躯体从这张生命之床上拿走，去帮助他人过上更加美好的生活。

把我的双眼献给一位从未见过一次日出，从未见过一张婴儿的小脸蛋或者从未见过一眼女人眼中流露出爱情的人；把我的心脏献给一位心机失能、心痛终日的人；把我的鲜血献给一位车祸中幸免死亡的少年，使他也许能看到自己的子孙尽情嬉戏；把我的肾脏献给一位依靠人造肾脏周复一周生存的艰难的人……拿走我身上的每一根骨头、每一束肌肉、每一丝纤维，把这些统统拿尽，丝毫不剩，想方设法能使跛脚小孩重新行走自如。

探究我大脑的每一个角落。如有必要，取出我的细胞，让它们生长，以便有朝一日一个哑儿能在棒球场上欢呼，一位聋女能听到雨滴敲打窗子的声音。

将我其余的一切燃成灰烬。将这些灰烬迎风散去，化为肥料，滋润百花。

如果你一定要埋葬一些东西，就请埋葬我的缺点、我的胆怯和我对待同伴们的所有偏见吧。

把我的罪恶送给魔鬼，把我的灵魂交付上天。

如果你想记住我，那么就请你用善良的言行去帮助那些需要得到帮助的人吧，假如你的所作所为无负我心，我将与世长存。

温暖是人间最温暖的词语

张玉庭

一个孩子问爷爷：“您有皮球吗?”爷爷说：“没有。”不料孩子并不满足，而是一口气把这个问题问了四遍。爷爷挺纳闷，于是在连续回答了四次后反问了一句：“你为什么老问这个?”孩子说：“我喜欢听您说‘没有’。”“为什么?”“因为，您的胡子一翘一翘的特好看。”

于是爷爷笑了，胡子笑成了花——不为别的，就为了小孙子的这个“喜欢”。

这就叫温暖。

还有两个真人真事。

一个是在美国，曾有个小女孩给林肯写信，希望他留起胡子。林肯极认真地读了这封信，不仅立刻给孩子回了信，还真的留起了胡子。

一个是在印度，泰戈尔曾收到过一位小姑娘的信，信中问道：“爷爷，我想用您的名字给我的小狗命名，行吗?”泰戈尔不仅立即回信表示坚决同意，还特意在信中加了一句：“不过，命名之前，最好先征求一下小狗的意见。”

自然，这也叫温暖。

难道不是吗?

孩子最需要的就是温暖——那简直就是美丽的童话。

那么，该怎么给温暖下定义？

答曰：温暖是飘飘洒洒的春雨，温暖是写在脸上的笑意，温暖是义无反顾的响应，温暖是一丝不苟的配合。

尤其是对于不谙世事的孩子，我们的确没有理由让他们的希望搁浅。

那么，当童心花似的开着，家长们——比如天下的爷爷们、外公们、奶奶们、姥姥们——你们，一丝不苟地呵护过吗？

如果我能弥补一个破碎的心灵，我便不是徒然活着

大　卫

这世界上的人可分为两种，一种是手心向上的人，一种是手心向下的人。

手心向上的人是一些索取者，总是等待别人的施舍，如那些可怜兮兮的乞丐。

而手心向下的人却不是这样，他们总是不断地帮助别人和帮助自己。

每天早晨从睡梦中醒来的第一件事就是轻轻地告诉自己：你要做个手心向下的人。

看到别人因为失恋或者亲人丧亡而痛苦不堪、快要跌倒的时候，我会手心向下扶住他颤抖的肩头，告诉他失去满天星星，就会迎来一个崭新的黎明；告诉他抬起头，把泪水擦干，远方就是那个晴朗的天！

看到一个因病重而没钱治疗的孩子那憔悴的面容，我会发动众人从自己的薪金里，拿出一片深情而又真诚的问候，走近募捐箱手心向下，塞进一片同情与挚爱。

人生是一段坎坷不平的路，喧嚣的尘土会迷蒙你的双眼。风雨来临之时，脚下的道路会泥泞你前进的步履。如果一不小心滑倒在地，请不要灰心也不要丧气，手心向下，掐住大地的脉搏，从哪里跌倒就从哪里爬起。真的，唯有手心向下，你才会撑起一个坚强而又从容的自己。

我常常对着蓝天发呆，心想它为何总是那么湛蓝、深邃、博大、高远?！终于有一天，我发觉蓝天也实是一只巨掌，它总是手心向下地支撑着自己永不塌陷。那光辉而又灿烂的太阳是它的一个红红的手印。面对蓝天，我还发觉我们每个人的生命其实都是一架硕大的钢琴，昼与夜构成白键与黑键，我们唯有手心向下才能弹奏出高昂、激昂而又悠远洪亮的琴音。于是，我更加坚定地对自己说：做个手心向下的人。因为：

手心向下——

给予别人的是无私的温暖和奉献！

手心向下——

给予自己的是坚强的信念和支点！

一个真正的朋友
是自己的另一个生命

佚　名

从前有一个仗义的人，广交天下豪杰武夫，临终前对他儿子讲，别看我自小在江湖闯荡，结交的人如过江之鲫，其实我这一生就交了一个半朋友。

儿子纳闷不已。他的父亲先是交代一番，然后对他说，你按我说的去见见我的这一个半朋友，朋友的要义你就会懂得。

儿子先去了他父亲认定的“一个朋友”那里，对他说：“我是某某的儿子，现在被朝廷追杀，情急之下投身你处，希望予以搭救!”这人一听，容不得思索，赶快叫来自己的儿子，喝令儿子将衣服换下，穿上了眼前这个并不相识的“朝廷要犯”的衣服。

儿子明白了：在你生死攸关的时刻，那个能为你肝胆相照，甚至不惜割舍自己亲生骨肉搭救你的人，可以称作你的一个朋友。

儿子又去了他父亲说的“半个朋友”那里，抱拳相谒把同样的话叙说了一遍。这“半个朋友”听了，对眼前这个求救的“朝廷要犯”说：“孩子，这等大事我可救不了你，这里我给你足够的盘缠，你远走高飞快快逃命，我保证不会告发钦官……”

儿子明白了：在你患难时刻，那个能明哲保身、不落井下石加害你的人，可以称作你的半个朋友。

一束鲜花改变人生

苇　笛

乔治是华盛顿一家保险公司的营销员，为女友买花时认识了一家花店的老板——本，但也只是认识而已，他总共只在本的花店里买过两回花。

后来，他因为为客户理赔一笔保险费，被莫名其妙地控以诈骗罪投入监狱，他将要坐20年的牢。闻此消息，女友离他而去。

面对从天而降的灾难，乔治悲愤不已，女友的离去更让他痛苦不堪。只在狱中过了一个月，乔治便感到自己快要疯了。就在他郁闷难耐时，有人前来看他。乔治在华盛顿没有一个亲人，因此实在想不出来者是谁。在会见室，他不由得怔住了，原来是花店的老板——本，他给乔治带来了一束鲜花。

虽然只是一束鲜花，乔治却从中感受到人世的温暖，希望之火开始在他的心头重新燃烧，他安下心来，在监狱里大量读书，钻研电子科学。

六年后，乔治提前获释了。他先在一家电脑公司做雇员，不久自己开了一家软件公司；两年过后，他身价过亿。成了富豪的乔治去看望本，却得知本于两年前破产了，一家人贫困潦倒，举家迁到乡下。乔治说，是你的一束鲜花使我留恋人世的爱与温暖，给予我战胜厄运的勇气；无论我为你做什么，都不能回报你当年对我的帮助，我想以你的名义，捐一笔钱给慈善机构，让天下所有不幸的人都感到你博大的爱。

此后不久，乔治果然捐款成立了“华盛顿·本陌生人爱心基金会”。

一束鲜花竟然是如此的神奇，它给绝境中的乔治带来了希望，重新点燃了他生命的激情。事实上，这个世界上的许多悲剧都源自于对爱的绝望；对一颗冰冷的心灵来说，最大的可能就是自甘堕落。而我更愿意相信，正是那一份回报本的强烈愿望，成了乔治努力向上的强大动力。

“爱”就一个字，只需用行动来表示

张玉庭

假如没有粉笔，你知道怎么上课吗？

请准许我给你讲个故事。

这故事发生在一个偏僻的小村庄，村头有一所小小的学校。

有一天，上课必需的粉笔突然用完了，女教师便想了一个办法。她找了杯清水，然后对孩子们说：“来，老师蘸着水在黑板上写，上课——”

孩子们懂事地点了点头，答应了。

于是，她一笔一画地教，孩子们一笔一画地学。

当然了，这需要速度——因为，只要教得慢了点，或者记得慢了点，那用水写的字就立刻干了，看不见了。

这以后，每当没有粉笔的时候，女教师就以水代笔；而可怜的孩子们，也便渐渐地适应了这种奇特的上课方式。

一天，女教师哭了。她想起了鲁迅笔下的孔乙己。那蓬头垢面的孔乙己，为了教咸亨酒店的小伙计认字，曾用他的长指甲蘸着酒，在柜台上写过“茴香豆”的“茴”字；可是今天，她——一位亭亭玉立的女教师却要用那仙女般的纤纤玉指，蘸着水在黑板上写字，在冰凉冰凉的黑板上耕耘了！

可她想想，又笑了。磨秃了自己的手指头，却丰富了孩子们的心灵，值得。

她从容，坦然，一如既往。

又一天，她走进教室，正准备上课，突然发现杯子里的水已全部漏完。——也难怪，那盛水的杯子太陈旧了，陈旧得让人想起这个古老民族的沉重历史。

没水，怎么板书？

没水，怎么上课？

也就在这山穷水尽的时刻，女教师突然感到，从她右手的手指尖上，正在不断地渗水——亮晶晶的水珠——

水！

水！

有水就能上课！

女教师猛地转身，在黑板上不停地写了起来。

她写得飞快。孩子们也记得飞快。

就这样，每当她转身板书的时候，那指尖上的水珠也就恰到好处地冒了出来。

天！她从此有了特异功能！

日复一日，年复一年。

这种古怪教育的奇异结果，便是造就了一批可以高速理解、高速记忆、高速运算的神童。也正是由于这种神奇的高速度，这批神童被一所著名的大学破格录取了。

后来，有人专门研究过这批神童，发现他们都具有特异功能，即：凡是被泪水浸泡过的地方，他们都能准确地断定，这里曾经发生过什么，是悲剧，还是喜剧。

那么，从女教师的手指上奔涌而出的那些液体，究竟是什么呢？

有人化验过，那水，与泪水的化学成分一模一样……

（报载，在七届人大的一次分组讨论会上，一位来自山区的小学教师，曾经含着泪讲了这样一件事：因为没有经费，买不起粉笔，他们曾用手指蘸着水，在黑板上写字。）

“孝”是生命与生命交接处的链条

毕淑敏

我不喜欢一个苦孩子求学的故事。家庭十分困难，父亲逝去，弟妹嗷嗷待哺，可他大学毕业后，还要坚持读研究生，母亲只有去卖血……我以为那是一个自私的学子。求学的路很长，一生一世的事业，何必太在意几年嗟跎？况且这时间的分分秒秒都苦涩无比，需用母亲的鲜血灌溉！一个连母亲都无法挚爱的人，还能指望他会爱谁？把自己的利益放在至高无上位置的人，怎能成为为人类献身的大师？

我相信每一个赤诚忠厚的孩子，都曾在心底向父母许下“孝”的宏愿，相信来日方长，相信水到渠成，相信自己必有功成名就衣锦还乡的那一天，可以从容尽孝。

可惜人们忘了，忘了时间的残酷，忘了人生的短暂，忘了世上有永远无法报答的恩情，忘了生命本身有不堪一击的脆弱。

父母走了，带着对我们深深的挂念。父母走了，遗留给我们永无偿还的心情。你就永远无以言孝。

有一些事情，当我们年轻的时候，无法懂得。当我们懂得的时候，已不再年轻。世上有些东西可以弥补，有些东西永远无法弥补。

“孝”是稍纵即逝的眷恋，“孝”是无法重现的幸福，“孝”是一失足成千古恨的往事，“孝”是生命与生命交接处的链条，一旦断裂，永无连接。

赶快为你的父母尽一份孝心。也许是一处豪宅，也许是一片砖瓦；也许是大洋彼岸的一只鸿雁，也许是近在咫尺的一个口信；也许是一顶纯黑的博士帽，也许是作业簿上的一个红五分；也许是一桌山珍海味，也许是一只野果一朵小花；也许是花团锦簇的盛世华衣，也许是一双洁净的旧鞋；也许是数以万计的金钱，也许只是含着体温的一枚硬币……但“孝”的天平上，它们等值。

只是，天下的儿女们，一定要抓紧啊，趁你父母健在的光阴！

爱的位置不在嘴上，而在心中

马国福

这是我上大学时的一件事。

那天下午，公共课老教授给我们讲了一个故事：有个国王有三个儿子，他很疼爱他们，但不知传位给谁。最后，他让三个儿子回答如何表达对父亲的爱。大儿子说：“我要把父亲的功德制成帽子，让全国的百姓天天把您供在头上。”二儿子说：“我要把父亲的功德制成鞋子，让普天下的百姓都知道是您在支撑着他们。”三儿子说：“我只想把您当做一位平凡的父亲，永远放在我的心里。”最后国王把王位传给了三儿子。

教授讲完，问道：“记得父母生日的同学请举手。”举手者寥寥无几。

“寒假给父母洗过脚的同学请举手。”这是他放假前布置的作业，没有做到的同学扣德育分。

一百多双手齐刷刷地举了起来，只有坐在最后的一位同学没举手。教授问是何故，该同学哑口无言。

“你是不是把我的话当耳边风了？”

“我很想给父母亲洗一回脚，可是……”

“可是什么，不要给自己找借口！”教授严厉地说。

“我的父母在一次车祸中失去了双腿，我只能给他们洗头……

空气在那一刻凝固了，教室里静得能听到心跳声。

“记住，爱的位置不在嘴里，不在头上，也不在脚下，只在心中，在我们时刻关爱他人的细小行动中。”

爱的承诺：好好活下去

程乃珊

日前香港一则颇轰动的社会新闻，一位年轻有为有“神探”之称的警司，意外身亡，电视台访问他的未婚妻、电视明星杨雪仪时，我们看到的，已是一个收拾好心情，用一种乐观、美好的心去缅怀自己至爱的形象。她表示，马上要去上海拍片。“……他一定也喜欢我重新振作起来，不喜欢我一味沉浸在悲痛中……我要抓紧时间，活一世，做三世的事，将他未来得及做的一起做完……”

镜头前的杨雪仪神采飞扬，美艳如昔。她说：“他”喜欢她老是漂漂亮亮的……

当我们深爱的一方已永远逝而不返时，我们收拾起心情重享人生，并不意味着背叛。相反，当一方背叛爱的承诺时，我们收拾起心情重享人生，也不意味着饶恕。

女友贞为颇有名气的钢琴演奏家，在比利时获音乐硕士。她的十指纤细却富有力度，不仅为她赢得事业上的盛名，同时也支起一家的舒适生活，和一家徒有其名的、仅为了令丈夫可以做个挂名总经理的不赚钱的公司。

丈夫60岁生日那天，一张写着肉麻的“一切如开始般那样美好”的生日贺卡，令她识破了丈夫一段长达七年的婚外情。

丈夫和第三者的“美好的开始”，成了贞地狱式煎熬的开始。

她大把大把地掉头发，体重骤降。她把自己关起来自虐，拒绝任何人与她通电话。

这样的日子持续了三个月，她主动电邀我们出席她演奏会的彩排。清减了的她，显得年轻窈窕，精神很好。

正在诧异她的变化，她自己开口：“我是一个十分自爱的人。我对自己许下诺言：好好地活下去，才不至于辜负自己的生命。”

生命是一个动态的历程。走过了一个阶段，就走过了。怎能再回头？前面摆着的，将是一个全新的，正等候你去迎接的“明天”，只有傻瓜和无所作为者，才会死死地对着历程的一个阶段痴痴呆望。

人世本是现实的，不是有“天若有情天亦老”之句吗？

所谓流转人生，这是宇宙的定义。我们不能在生命之路上止足停下，这违背定义。

今天爱侣之间的爱的承诺，不再是“我可以为你而死”，而是“因为有了你，我要活得更好！”同样的道理，今天对爱的承诺的背叛者，也不再是“让我死给你看……”而是庄敬自强，奋发自新，要活得比对手好，活得比现在好……

我们活在生命之中，日子不会为你而留住，天地茫茫之中，总有一个你深爱的，为了他（她），我们要活得更好！

爱是件大衣衫，需要许多细致的针法才能完善它

乔　叶

一次，在一位朋友家小坐，发现他给父母打电话的时候拨了两遍号码。第一遍拨过之后，铃响三声就挂断，再拨第二遍，然后通话。

“第一遍占线吗？”我随意问。

“没有。”

“是没想好说什么？”

“不是。”

“那干吗拨两遍号？”

他笑了笑：“你不知道，我爸爸妈妈都是接电话非常急的人，只要听见铃响，就会跑着去接。有一次，妈妈为接电话还让桌腿把小脚趾绊了一下，肿了很长时间。从那时起，我就和二老约定，接电话不准跑。我先拨一遍，给他们预备的时间。”

我的心忽然觉得十分湿润。平日都常说如何如何孝敬父母，这个小小

的细节，不是对父母最生动的疼惜吗?

为了让父母多一份安全和从容，多拨一遍电话号码，这是一件再琐碎不过的事。可是这件事就是这样的爱的针法。

爱就是爱，没有任何条件

陆　子

江西籍的民工躺在病床上，他的一条腿昨天晚上已被技术娴熟的外科医生锯去了。

这位年轻的小伙子熟熟地睡着了，好像忘了在他身上发生的一切。工友们围在他的病床边，等待他呼天喊地的哭声。

可是，他没有哭。睁开眼的一刹那，只是滑落了一滴泪，在阳光下像一条蚯蚓一样在脸庞上爬着。

“哭出来吧。”工友说。他不哭，咬咬嘴唇，又闭上了眼。

他是为救一个姑娘负伤的，被一块预制板压断了左腿。当那块没有放稳的预制板像一只吃人猛兽一样砸向地面的时候，他正在一楼拌泥浆，而姑娘正在停放她的自行车，也许她的车锁锈了，她低着头一直在鼓捣那把车锁，她不会想到头顶上有一块预制板朝她砸来。

小伙子看到了。

他猛扑过去，冲向那个长得很靓的姑娘。姑娘本能地惊叫起来，她以为自己遭到了可怕的攻击。

预制板撞击地面的巨大的响声，几乎把她震昏过去。她发现小伙子用一种她不能忍受的姿势抱着她的身体，她想掰开，但她发现了血，很多血。

她绝望地呼喊起来。

血不是她的，是小伙子的，他的一条腿被压碎了，而她只是擦破了一些皮。

姑娘到医院去看他，是她的母亲陪她去的，拎了许多营养品。那时小伙子还没有醒来，她们坐了一会儿，便走了。

记者来了，这是一个可以挖掘出许多鲜活东西的事件，但这个民工却给出了另一种答案。

记者问："你为什么去救那个姑娘？"

开始小伙子不理睬记者，最后他说："我喜欢她。"

这样的理由让所有人大吃一惊，原来他是喜欢那个姑娘才去救她的。

这种喜欢原来就是没有结果的，她漂亮，在事业单位工作，而他只是一个打工者，在这个城市里没有一寸属于自己的土地，甚至没有一件体面的衣服。

但是，他却喜欢上了那个姑娘，他在工作的时候，关注着姑娘的每一个动作，看着她上班下班，看着她一颦一笑。

我不知道事件的结果如何，小伙子将何去何从，姑娘又将如何面对这一个为她牺牲一条腿的生命。

很多人在闲聊的时候，都会说起那个小伙子，他们说他实在太蠢了，竟然为了喜欢一个不可能得到的姑娘失去了一条腿。

但是，我总是不希望人们如此看轻一个单纯和宽厚的生命。每当我把这个故事放在自己的灵魂深处，就会产生一种炙烤感。什么才是人性的善良，什么又叫爱，我们可以不回答，但那些被我们嘲笑和冷落的，却恰恰是我们最需要的，慢慢品味它，可以让人泪流满面。

爱的极致是宽容

吴志强

女人有了外遇，要和丈夫离婚。丈夫不同意，女人便整天吵吵闹闹。无奈之下，丈夫只好答应妻子的要求。不过，离婚前，他想见见妻子的男朋友。妻子满口应承。第二天一大早，便把一个高大英俊的中年男人带回家来。

女人本以为丈夫一见到自己的男朋友必定气势汹汹地讨伐。可丈夫没有，他很有风度地和男人握了握手。之后，他说他很想和她男朋友交谈一下，希望妻子回避一会儿。女人遵从了丈夫的建议。站在门外，女人心里七上八下，生怕两个男人在屋内打起来。事实证明，她的担心完全是多余的。几分钟后，两个男人相安无事地走了出来。

送男友回家的路上，女人禁不住询问："我丈夫和你谈了些什么？是不是说我的坏话？"男友一听，止住了脚步，他惋惜地摇摇头说："你太不了解你丈夫了，就像我不了解你一样！"女人听完，连忙申辩道："我怎么不了解他，他木讷，缺乏情趣，家庭保姆似的简直不像个男人。"

"你既然这么了解他，你应该知道他跟我说了些什么。"

"说了些什么？"女人更想知道丈夫说的话了。

"他说你心脏不好，但易暴易怒，叫我结婚后凡事顺着你；他说你胃不好，但又喜欢吃辣椒，叮嘱我今后劝你少吃一点辣椒。"

"就这些？"女人有点惊讶。

"就这些，没别的。"

听完，女人慢慢低下了头。男友走上前，抚摸着女人的头发，语重心长地说："你丈夫是个好男人，他比我心胸开阔。回去吧，他才是真正值得你依恋的人，他比我和其他男人更懂得怎样爱你。"

说完，男友转过身，毅然离去。

这次风波过后，女人再也没提过离婚二字，因为她已经明白，她拥有的这份爱，就是最好的那份。

猜疑只能伤害自己，唯有用爱才能疗伤

陆勇强

他的眼睛失明了。

原先他是多么幸福啊：他是一家医院的主治医生，在市里小有名气，有自己的私家车，有宽敞明亮的住房，还有一个温柔可爱的妻子。

可上天好像跟他开了一个玩笑，把他推向了无尽的黑暗当中。他痛苦、彷徨，想早点结束自己的生命，但每次都被细心的妻子发现。真的，她是一个细心的女人，这种细心只有在爱一个人的时候才能细致入微地体现出来。比如在他晚上失眠的时候，吃了几片安眠药，药瓶里还剩几片，她心中都一一有数。

他的情绪在她的温柔体贴下，有所平和。现在，他已经愿意让她读晚报上的新闻，或者听每天的新闻联播。

他的精神状态真的恢复得很快。在她的帮助下，他开始学习盲文，他学得很刻苦，后来又学推拿。

他准备开办一家盲人推拿室，她为他办好了一切手续。他开始与社会接触，试着用自己的技术养活自己。

他从痛苦中解脱出来，内心又滋生出另外一种痛苦。

她以前天天对他嘘寒问暖，现在她只会送他到医院的马路边，然后说声“再见”。最近几天，她好像连“再见”也懒得说了。

她是不是不要他了？她是不是讨厌他这个盲人？她是不是有了新欢？

他觉得自己是够拖累她的了，他就开始跟她生闷气，不吃她烧的饭菜，质问她许多问题。

可她总是说：“你该相信我的。”她本来就是一个少言寡语的女子。

他天天满腹心事地到推拿室工作，一位坐在他店门前的修鞋匠对他说：“大夫，你这几天为什么这么不开心？”

他无言以对。

修鞋匠说：“你真是好福气呀！你生意那么好，又有漂亮的妻子，每天送你到马路边，并目送你走进店门才离开。”

他说：“天天这样吗？”

“难道你到现在还不知道吗？”

他的泪就下来了。

大爱无言

鹏　鹏

听说过两个有关母亲的故事。

一个发生在一位游子与母亲之间。游子探亲期满离开故乡，母亲送他去车站。在车站，儿子旅行包的拎带突然被挤断。眼看就要到发车时间，母亲急忙从身上解下裤腰带，把儿子的旅行包扎好。解裤腰带时，由于她心急又用力，把脸都涨红了。儿子问母亲怎么回家呢？母亲说，不要紧，慢慢走。

多少年来，儿子一直把母亲这根裤腰带珍藏在身边。多少年来，儿子一直在想，他母亲没有裤腰带是怎样走回几里地外的家的。

另一个故事则发生在一个犯人同母亲之间。探监的日子，一位来自贫困山区的老母亲，经过乘坐驴车、汽车和火车的辗转，探望服刑的儿子。在探监人五光十色的物品中，老母亲给儿子掏出用白布包着的葵花子。葵花子已经炒熟，老母亲全嗑好了。没有皮，白花花的像密密麻麻的雀舌头。

服刑的儿子接过这堆葵花子仁，手开始抖。母亲亦无言语，撩起衣襟拭泪，她千里迢迢探望儿子，卖掉了鸡蛋和小猪崽，还要节省许多开支才凑足路费。来前，在白天的劳碌后，晚上在煤油灯下嗑瓜子。嗑好的瓜子仁放在一起，看它们像小山一点点增多，没有一粒舍得自己吃。十多斤瓜子嗑亮了许多夜晚。

服刑的儿子垂着头。作为身强力壮的小伙子，正是奉养母亲的时候，他却不能。在所有探监人当中，他母亲衣着是最褴褛的。母亲一口一口嗑的瓜子，包含千言万语。儿子“扑通”给母亲跪下，他忏悔了。

一次，结婚不久的同龄朋友对我抱怨起母亲，说她没文化思想不开通，说她什么也干不了还爱唠叨。于是，我就把这两个故事讲给他听。听罢，他泪眼蒙眬，半晌无语。

蹲下身来，给孩子多一些欣赏，也多给自己一份慰藉

刘燕敏

一位母亲第一次参加家长会，幼儿园的老师说："你的儿子有多动症，在板凳上连三分钟都坐不了，你最好带他去医院看一看。"回家的路上，儿子问妈妈，老师都说了些什么，她鼻子一酸，差点流下泪来。因为全班30位小朋友，只有她的儿子表现最差；唯有对他，老师表现出不屑。然而她还是告诉她的儿子："老师表扬你了，说宝宝原来在板凳上坐不了一分钟，现在能坐三分钟了。其他的妈妈都非常羡慕你的妈妈，因为全班只有宝宝进步了。"那天晚上，她儿子破天荒吃了两碗米饭，并且没让她喂。

儿子上小学了。家长会上，老师说："全班50名同学，这次数学考试，你儿子排在第49名，我们怀疑他智力上有些障碍，你最好能带他去医院查一查。"走出教室，她流下了泪。然而，当她回到家里，却对坐在桌前的儿子说："老师对你充满了信心。他说了，你并不是个笨孩子，只要能细心些，会超过你的同桌，这次你的同桌排在第21名。"说这话时，她发现，儿子黯淡的眼神一下子充满了光亮，沮丧的脸也一下子舒展开来。她甚至发现，从这以后，儿子温顺得让她吃惊，好像长大了许多。第二天上学时，去得比平时都要早。

孩子上了初中，又一次家长会。她坐在儿子的座位上，等着老师点她儿子的名字，因为每次家长会，她儿子的名字总是在差生的行列中被点到。然而，这次却出乎她的预料，直到家长会结束，都没听到他儿子的名字。她有些不习惯，临别去问老师，老师告诉她："按你儿子现在的成绩，

考重点高中有点危险。”听了这话，她惊喜地走出校门，此时，她发现儿子在等她。走在路上，她扶着儿子的肩膀，心里有一种说不出的甜蜜，她告诉儿子：“班主任对你非常满意，他说了，只要你努力，很有希望考上重点高中。”

高中毕业了。第一批大学录取通知书下达时，学校打电话让她儿子到学校去一趟。她有一种预感，她儿子被第一批重点大学录取了，因为在报考时，她对儿子说过，相信他能考取重点大学。儿子从学校回来，把一封印有清华大学招生办公室的特快专递交到她的手里，突然，就转身跑到自己的房间里大哭起来，儿子边哭边说：“妈妈，我知道我不是个聪明的孩子，可是，这个世界上只有你能欣赏我……”听了这话，妈妈悲喜交加，再也按捺不住十几年来凝聚在心中的泪水，任它流下，打在手中的信封上……

无论我们走多远，永远走不出母亲的视线

老 乡

五位丈夫被问到同样一个问题：假设你和母亲、妻子、儿子同乘一条船，这时船翻了，大家都掉进了水里，而你只能救一个人，你救谁？

这问题很老套，却的的确确很不好回答，于是——

理智的丈夫说：“我选择救儿子，因为他的年龄最小，今后的人生道路最长，最值得救。”

现实的丈夫说：“我选择救妻子，因为母亲已经经过人生，至于儿子——有妻子在，我们还会有新的孩子，还会有个完整的家。”

聪明的丈夫说："我会救离我最近的那个，因为离我最近的那个最可能被救起来。"

滑头的丈夫说："我救儿子的母亲"——至于是指我自己的母亲还是儿子的母亲，你们去猜好了。

最后，老实的丈夫确实不知道应该怎样选择，于是他只有回家把这个问题转述给自己的儿子、妻子和母亲，问他们自己应该怎么办。

儿子对这个问题根本不屑一顾："我们这里根本没有河，怎么会全家落水呢？不可能！"——他的年龄使他只会乐观地看待目前和将来的一切。

妻子则对丈夫的态度大为不满："亏你问得出口！你当然得把我们母子都救起来。我才不管什么只救一个的鬼话呢！"——女人总是认为丈夫必然有能力，也必须有能力担负起他的责任。

最后，老实的丈夫又问自己的母亲。

母亲没等他把话说完，已经大吃了一惊，紧紧抓住儿子的手，带着惊慌："我们都掉进水里了，孩子你不是也掉进水里了吗？我要救你！"老实的丈夫顿时泣不成声。

真爱是心灵的最大享受，任何语言都显得没有分量

秋 歌

8 岁时，我上小学三年级，我的姐姐当时正读初中，她是个很美的姑娘，亲友们因此很宠爱她。春节前，从广州出差回来的姑姑送给她一件样式别致颜色粉红的上衣作为新年礼物。在我饱含羡慕甚至嫉妒的目光中，姐姐小心翼翼地把衣服藏在柜子里，急切地盼望着新年的到来。

可是就在腊月二十九那天，邻居大哥的女朋友第一次上门做客，仓促之下伯父伯母没有准备好给她的礼物。正在他们手足无措之际，父亲毫不犹豫地把姐姐的新衣服送了过去，于是促成了一桩美满婚事。

晚上，伯父来到我家，连连称谢并送来了买衣服的钱，父亲执意不收。送走了伯父，他喝住了正幸灾乐祸挖苦姐姐的我，然后安慰姐姐并答应新年的那一天让她穿上新衣服，姐姐不理睬父亲，躲在母亲怀里委屈地哭个不停。

那时候爸爸妈妈两个人一个月的工资不足 100 元钱，家中的经济一点儿也不宽裕，而且在我们居住的偏僻小城里根本买不到那样漂亮的衣服。所以姐姐认为重新拥有那片粉红色只不过是个奢望罢了。

第二天就是大年三十，父亲一大早就拿着家里仅有的 30 元钱去赶北京的长途汽车，西单、东单、王府井、前门、大栅……他跑遍城内大大小小的商场，最后终于买到了和姑姑送的颜色样式都一样的上衣。

在黄昏的暮色中，父亲风尘仆仆地赶回家，把衣服放到满脸惊诧的姐姐手上，没有说一句话。

看着母亲为父亲清洗包扎挤车时碰破的手臂，我问："爸，你为什么一定要去买衣服?"父亲轻轻抚摸着我的头，淡淡地说了一句："让姐姐过个愉快的新年呀。"

泪水渐渐遮住了我的视线，一种深厚无比的爱意沿着父亲的手指抵达我幼小心灵的最深处。

母爱，是我们心中的树，越长越茂盛

史铁生

10 岁那年，我在一次作文比试中得了第一。母亲那时候还年轻，急着跟我说她自己，说她小时候的作文作得比我获奖的作文还要好，老师甚至不相信那么好的文章会是她写的。“老师找到家来问，是不是家里的大人帮了忙。我那时可能还不到 10 岁呢!”我听得扫兴，故意笑：“可能?什么叫‘可能还不到’?”她就解释，我装作根本不在意她的话，对着墙打乒乓球，把她气得够呛。不过我承认她聪明，承认她是世界上长得最好看的女的。她正给自己做一条蓝底白花的裙子。

我 20 岁时，两条腿残废了，除去给人家画彩蛋，我想我还应该再干点别的事，先后改变了几次主意，最后想学写作。母亲那时已不年轻，为了我的腿，她头上开始有了白发。医院已明确表示，我的病目前没法治。母亲的心思却全部放在给我治病上，到处找大夫，打听偏方，花了很多钱。她倒总能找来些稀奇古怪的药，让我吃，让我喝，或是洗、敷、熏、灸。“别浪费时间啦，根本没用!”我说。我一心只想着写小说，仿佛那东西能把残疾人救出困境。“再试一回，不试你怎么知道会没用?”她每说一回都虔诚地抱着希望。然而对我的腿，有多少回希望就有多少回失望。最后一回，我的胯上被熏成烫伤，医院的大夫说，这实在太悬了，对于瘫痪病人，这差不多是要命的事。我倒没太害怕，心想死了也好，死了倒痛快。母亲惊惶了几个月，昼夜守着我，一换药就说：“怎么会烫了呢?我还总是在留神呀!”幸亏伤口好起来，不然她非疯了不可。

后来她发现我在写小说，她跟我说:“那就好好写吧。”我听出来，她对治好我的腿也终于绝望。“我年轻的时候也喜欢文学，跟你现在差不多大的时候，我也想过搞写作，你小时候的作文不是得过第一吗？那就写着试试看。”她提醒我说。我们俩都尽力把我的腿忘掉。她到处给我借书，顶着雨或冒着雪推我去看电影，像过去给我找大夫、打听偏方那样，抱着希望。

30 岁时，我的第一篇小说发表了，母亲却已不在人世。过了几年，我的另一篇小说也获了奖，母亲已离开我整整 7 年了。

授奖之后，登门采访的记者就多。大家都好心好意，认为我不容易。但是我只准备了一套话，说来说去就觉得心烦。我摇着车躲了出去。坐在小公园安静的树林里，想苍天为什么早早地召母亲回去呢？迷迷糊糊的，我听见回答：“她心里太苦了，上天看她受不住了，就召她回去。”我的心得到一点安慰，睁开眼睛，看见风正在树林里吹过。

我摇车离开那儿，在街上瞎逛，不想回家。

母亲去世后，我们搬了家。我很少再到母亲住过的那个小院子去。小院在一个大院的尽里头，我偶尔摇车到大院去坐坐，但不愿意去那个小院子，推说手摇车进去不方便。院子里的老太太还都把我当儿孙看，尤其想到我又没了母亲，但都不说，只扯些闲话，怪我不常去。我坐在院子当中，喝东家的茶，吃西家的瓜。有一年，人们终于又提到母亲：“到小院子去看看吧，你妈种的那棵合欢树今年开花了！”我心里一阵抖，还是推说手摇车进出太不易。大伙就不再说，忙扯到别的，说起我们原来住的房子里现在住了小两口，女的刚生了个儿子，孩子不哭不闹，光是瞪着眼睛看窗户上的树影儿。

我没料到那棵树还活着。那年，母亲到劳动局去给我找工作，回来时在路边挖了一棵刚出土的绿苗，以为是含羞草，种在花盆里，竟是一棵合欢树。母亲从来喜欢那些东西，但当时心思全在别处。第二年合欢树没有发芽，母亲叹息了一回，还不舍得扔掉，依然让它留在瓦盆里。第三年，合欢树不但长出了叶子，而且还比较茂盛。母亲高兴了好多天，以为那是个好兆头，常去侍弄它，不敢太大意。又过了一年，她把合欢树移出盆，栽在窗前的地上，有时念叨，不知道这种树几年才开花。再过一年，我们搬了家，悲痛弄得我们都把那棵小树忘记了。

与其在街上瞎逛，我想，不如去看看那棵树吧。我也想再看看母亲住过的那间房。我老记着，那儿还有个刚来世上的孩子，不哭不闹，瞪着眼睛看树影儿。是那棵合欢树的影子吗？

院子里的老太太们还是那么喜欢我，东屋倒茶，西屋点烟，送到我眼前，大伙都不知道我获奖的事，也许知道，但不觉得那很重要；还是都问我的腿，问我是否有了正式工作。这回，想摇车进小院儿真是不能了。家家门前的小厨房都扩大了，过道窄得一个人推自行车进出也要侧身。我问起那棵合欢树，大伙说，年年都开花，长得跟房子一样高了。这么说，我再也看不见它了。我要是求人背我去看，倒也不是不行，我挺后悔前两年没有自己摇车进去看看。

我摇车在街上慢慢走，不想急着回家。人有时候只想独自静静地待一会儿，悲伤也成享受。

有那么一天，那个孩子长大了，会想起童年的事，会想起那些晃动的树影儿，会想起他自己的妈妈。他会跑去看看那棵树。但他不会知道那棵树是谁种的，是怎么种的。

爱到深处细如丝

丛中笑

父亲病逝，家里欠下一大笔债务。办完后事第三天，18 岁的我就加入了南下打工的队伍，在老乡的介绍下进了一家大型的汽车修理公司。

带我的师傅姓史，50 多岁，他有两个很特别的嗜好：一是没事就用指甲剪上的小锉子锉指甲，二是爱替别人洗衣服。

两个月后我终于攒下 1000 元钱，给母亲汇完款后我突然想到应该给她写封信，于是就利用午休时间在办公室随便找了一张包装纸写起来。也许是我太投入了，史师傅进来我都不知道，直到他用手敲了敲桌子我才抬起头。他说："你明明在这里干着又脏又累的活，为什么说你的工作很轻松？"我红着脸说我不想让母亲为我担心。

师傅点了点头说："游子在外，报喜不报忧，这一点你做得很好，但是你用这么脏的一张纸给母亲写信，她会相信你的工作轻松吗？"

史师傅看着窗外，缓缓地说："我很小就没了父亲，20 岁那年母亲得了偏瘫，腰部以下都不能活动，我四处求医问药，最后这个城市的一个老中医告诉我，坚持做按摩治疗，有 1% 的康复可能。于是我就带着母亲来到了这里，我在这家公司找了一份活干，那时条件没现在好，我比你们辛苦得多。在这里拿第一笔薪水那天我买了好多母亲喜欢吃的食品带回家，在我递上给她削好的苹果时，她拉住我的手说：'给妈妈说实话，你到底做的什么工作？你不要累坏自己啊！'我说：'我在办公室工作啊，很轻松的。'母亲生气地说：'孩子，你的手这么黑，而且指甲缝里全是黑乎乎的机油，你干的活肯定又脏又累，你骗不了妈妈的。你再也不要花那些冤枉钱了，我的腿治不好的。'说完母亲就落下泪来，她还说我要是不辞去现在的工作，她就绝食！

"一时间我不知道怎样回答母亲，借故给她洗衣服从屋子里逃了出来，等我洗好衣服的时候惊奇地发现我的手是那么白，顿时我就有了主意，马上给母亲说我决定辞去现在的工作，母亲笑了。其实第二天我还是来这里干修车的活，只是下班后我先剪短、锉平了自己的指甲，然后又把同事的工作服洗了才回家，因为洗的衣服越多手越白。母亲检查我的手时一点都没发觉。为了拿到相对多一些的薪水给母亲治病，我一直在这家效益不错的公司待到现在。"

史师傅说完从他抽屉里拿了一沓信纸给我。最后，我在那洁白的纸上写下了：“亲爱的妈妈，我在这里一切都好，工作也很轻松……”

只有时间才能理解爱有多么伟大

佚　名

从前有一个小岛，上面住着快乐、悲哀、知识和爱，还有其他各种情感。

一天，情感们得知小岛快要下沉了。于是，大家都准备船只，离开小岛，只有爱留了下来，她想坚持到最后一刻。

过了几天，小岛真的在下沉了，爱想请人帮忙。

这时，富裕乘着一艘大船经过。

爱说：“富裕，你能带我走吗?”

富裕笑说：“不，我的船上有许多金银财宝，没有你的位置。”

爱看见虚荣在一艘华丽的小船上，说：“虚荣，帮帮我吧!”

“我帮不了你。你全身都湿透了，会弄坏我这漂亮的小船。”

悲哀过来了，爱向她求助：“悲哀，让我跟你走吧!”

“哦，……爱，我实在太悲哀了，想自己一个人待一会儿!”悲哀答道。

快乐走过爱的身边，但是她太快乐了，竟然没有听见爱在叫她!

突然，一个声音传来：“过来！爱，我带你走。”

这是位长者。爱大喜过望，竟忘了问他的名字。登上陆地后，长者独自走开。

爱对长者感激不尽，问另一位长者知识：“帮我的那个人是谁?”

“他是时间。”知识老人回答。

第七章　快乐是一种感觉

幸福生活三个秘诀

（爱尔兰）巴克莱

幸福生活三秘诀：

一是有希望。

二是有事做。

三是能爱人。

有希望。

亚历山大大帝有一次大送礼物，表示他的慷慨。他给了甲一大笔钱，给了乙一个省份，给了丙一个高官。他的朋友听到这件事后，对他说："你要是一直这样做下去，你自己会一贫如洗。"亚历山大回答说："我哪会一贫如洗，我为我自己留下的是一份最伟大的礼物。我所留下的是我的希望。"

一个人要是只生活在回忆中，却失去了希望，他的生命已经开始终结。回忆不能鼓舞我们有力地生活下去，回忆只能让我们逃避，好像囚犯逃出监狱。

有事做。

一个英国老妇人，在她重病自知时日无多的时候，写下了如下的诗句：

现在别怜悯我，永远也不要怜悯我；

我将不再工作，永远永远不再工作。

很多人都有过失业或者没事做的时候，这时他就会觉得日子过得很慢，生活十分空虚。有过这种经验的人都会知道，有事做不是不幸，而是一种幸福。

能爱人。

诗人白朗宁曾写道：“他望了她一眼，她对他回眸一笑，生命突然苏醒。”

生命中有了爱，我们就会变得谦卑、有生气，新的希望油然而生，仿佛有千百件事等着我们去完成。有了爱，生命就有了春天，世界也变得万紫千红。

最完美的祷告，应该是：“苍天啊，求你让我有力量去帮助别人吧。”

前方并不远，那里阳光灿烂

蓝　轲

阳光灿烂，生活像一片霞。

在日出时分，随晨雾夜露远行，这张扬的日子，孤独与失意同在，充满青春的诱惑与困惑。

曾经有过的幻想，如五彩梦一般，在夜的星空飘忽而又美丽。理想毕竟不同于现实，失败是生活的一部分，谁也无法选择，无法拒绝。

心想事成是一句美妙的祝词。

穿越每一个风雨交加的夜晚，你就会有一次生命的彻悟，因为你毕竟走出了梦之谷。

再多的花草，只是自然的一件饰品，是大地的慷慨赠予，是给人类的一次惊喜。而人类生活中最大的惊喜不是拥抱这自然的赏赐，而是有惊喜也有伤心的如花草般迷乱人眼的生活。

拥抱生活，在所有伤心的时刻和惊喜的时刻。

拥抱生活，就拥有一种现实。理想是花草，生活是土壤，真诚是泉水。只有当你融进生活的时候，你才会感到活着的踏实。

拥抱生活，就拥有真正的人生。

生活是一种等价交换的过程。乞丐式的依人施舍，只是懒汉庸夫的本领。用生命和青春去“赌”回属于自己的那个灿烂明天，把尘封在心底里的“上天”扫出心之门去，让生活的影子随着你的舞步翩翩跹跹——这才是生活的主旋律。

拥抱生活，就拥有一次机遇。

人生之旅并非坦途。在每一个人流熙攘的十字路口，也许你会碰到红灯，或者绿灯，或者黄灯。真正懂得生活的人会不放弃一次机遇，他知道什么时候把果断勇敢留给绿灯，把审时度势留给黄灯，把耐心等待留给红灯。

红灯、绿灯、黄灯——人生不就是由这三原色染成的么?

拥抱生活，就拥有一次参与。

坐井观天的，不是人生；青灯古庙的，不是人生。参与进取的人生才是快乐而真实的人生。风吹雨打我们都见过，酸甜苦辣我们都尝过——生命中多了一次参与就多了一次激情的冲动，而享受冲动时的快乐，是那些在生活的浅水滩前徘徊观望的人们无法得到的！

拥抱生活吧！让七色的梦幻装饰你未来的道路，吹响一支短笛，折来一枝桂花，向着远方迷蒙而辉煌的地平线，就着希望前行、前行……

前方并不远，那里阳光灿烂。那里的生活像一片霞。

快乐是心灵的一种体验，它远在天涯，近在心里

佚　名

有这样两个小男孩，一个非常忧郁，另一个则很乐观。他们的父母带他们到精神病医生那里看病，想让悲观的孩子快乐起来，并使乐观的孩子能正视生活中的种种障碍。于是悲观的男孩子被锁进一个放着五光十色新玩具的屋子，乐观的男孩子被锁进一个装着成堆马粪的屋子。当父母重新返回屋子时，悲观的男孩正在放声大哭，他不肯去动那些玩具，因为他怕把它们弄坏。而那个乐观的男孩此时正兴高采烈地铲那堆马粪，他对父母说："有这么多马粪，我知道在这附近的什么地方准有一头快乐的小马驹。"

生活中总有逆境和顺境，有苦难也有喜悦。面对只剩下的一碗干小麦，悲观的人只会抱怨命运不公，为明天的日子发愁哀叹，让自己沉浸在悲哀之中。而乐观的人，却会为自己庆幸，并满怀喜悦地思考如何将小麦变成一碗香喷喷的小麦粥。

其实，快乐是心灵的一种体验。快乐的小马驹"远在天涯近在心里"，它不在别处，就在你无垠的心灵里活跃地奔跑着，只要你以一颗赤子般的童心来面对纷纭复杂的生活，时时追求光明，向往快乐，你就会变成那只快乐的小马驹。

把握真正的幸福从满足拥有开始

矫友田

一位长者讲过这么一个故事：有一个人非常幸运地获得了一颗硕大而美丽的珍珠，然而他并不感到满足，因为在那颗珍珠上面有一个小小的斑点。他想若是能够将这个小小的斑点剔除，那么它肯定会成为世界上最最珍贵的宝物。于是，他就下狠心削去了珍珠的表层，可是斑点还在；他又削去第二层，原以为这下可以把斑点去掉了，殊不知它仍旧存在。他不断地削掉了一层又一层，直到最后，那个斑点没有了，而珍珠也不复存在了。那个人心痛不已，并由此一病不起。在临终前，他无比懊悔地对家人说：“若当时我不去计较那一个斑点，现在我的手里还会攥着一颗美丽的珍珠呵。”

每想起这个故事，就会使我联想起另一件事儿。有一段时间，我几乎每天傍晚都要到海边去散步，因此经常会看到一对头发斑白的老人，依偎在海边的一条长椅上看海，他俩总是静静地坐着，而面孔上则始终挂着一种祥和的微笑，宛如一尊神态安详的雕塑。

有一天，我好奇地走到他俩近前，轻声地招呼道：“你们也喜欢看海吗?”

老人微笑着朝我点头示意，然后抬手指了指身旁的老伴。此时，我才发觉他原来是一位聋哑人，而他的妻子竟是一位双目失明的盲人。蓦然，我为自己刚才的失言而感到后悔。然而，在那两位老人的脸上却找不到一丝的不悦。相反，她竟用一种极其温和、坦诚的语气说：“是呵，我们老两口经常来‘看’海的——你一定会感到奇怪吧，其实只要彼此心灵之间不存在残疾，我们仍旧是两个正常的人啊。”

两位老人的神情上没有流露出半点的自卑与遗憾，唯有幸福、自足的笑容在脉脉地向外流淌。我注视着眼前这一对恩爱可敬的老人，眼睛倏然湿润了……

也许，就从那一刻起，我恍然从那一对残疾老人的笑容里寻求到了幸福的定义。真正的幸福，其实不是让我们冒着背负终生之憾的危险，刻意去剔除对方身上那一点点微不足道的瑕疵；而是要我们把握好自己手里的那一颗实实在在的珍珠，学会包容与珍惜；然后，才能从彼此心灵的和弦里感受到真正的幸福！

平和的人生是和谐的人生，健康的人生

宋　森

平和是待人处事的一种态度，也是做人的一种美德。

宽容是平和的外现。平和的人，厚德载物，雅量容人，推功揽过，能屈能伸。“原谅失败者之心，注意成功者之路”，处事方圆得体，待人宽严得宜。

冷静是平和的内涵。平和的人，其玄机在一个“静”字，“猝然临之而不惊，无故加之而不怒”，冷静处人，理智处事，身放闲处，心在静中。

平和的人，眼界极高。表面平凡，实则内聚，心中有坚石般的意志，胸中有经世济邦之策。其心，天青白日；其才，玉韫珠藏。居轩冕之中，不忘山林之味；处林泉之下，须怀廊庙之经纶。

平和的人，热情而不做作，忠诚而不虚伪。内不见己，外不见人，施恩于人是出于真诚，而不是利用别人来沽名钓誉，信奉“君子坦荡荡，小人长戚戚”，光明磊落，纯心做人。

平和既是一种修养，又是一种工作方法。平和的人，从不被忙碌所萦绕，闲时吃紧，忙里偷闲。待人不严，教人勿高。宽严得宜，分寸得体。身心自在，能享受生活之乐趣。

平和的人生，是和谐的人生，健康的人生。

穿过苦痛的快乐
才是人生最大的快乐

靳　以

我巡行在苦痛和快乐的边沿上，小心地迈着我的脚步，原以为它们中间有遥远的距离，不曾想它们却是那么相近，我左顾右盼，它们就在我的两边。我的胸中充满了愉悦和恐惧，我只得更小心地迈着我的脚步。

我不怕苦痛，可是我也不拒绝快乐。这么长久的时日，我只在苦痛的深渊中泅泳。它虽然是静止的，可是它的波面上停留不住一粒细尘，我用绝望的声音歌唱着我那痛苦的心，从遥远的天边外，响着微细的回应，我的眼前倏地闪了一道光，我瞥见快乐的影子，当我伸出手去，全身俯就它的时候，它就远逝了。

是谁把我拖上来的，我记不清了。我只知道我是被一只温柔的、好像无力的手牵引上来的。我重复看见花，看见树，看见了穿碎白云的飞鸟。我用感激的目光追寻，可是没有一个人在我的面前。我低下头来，看到附着在我心上的永不磨灭的影子，原来他早已投入了我的胸怀。

我从苦痛的深渊中爬出，站起身来，才看到快乐原来就在跟前。可是我转回头去，我又望到仍在苦痛中的一群。我虽不曾自去攫得快乐，把苦痛掷给别人；可是我也不忍心独自跨过去，无视他们的苦痛，我的苦痛是一个，快乐也是一个。我们都要跨到快乐中去，我看着我那无力的两手，我不知道先向谁伸出去？我注视着他们，每一张脸都是我熟悉的，都是不曾被苦痛淹没而怀着希望的微笑的。我们共过苦痛的，我怎么能把他们遗忘在苦痛之中？

我奋力引他们上来，一个又一个，虽然在困苦中，他们仍有浓郁的兄弟般的爱情，他们并不争先。可是我的力量还是不济了，当我又引着一个的时候，几乎把我又要拖下去。幸亏有另外的两只手拉住我，我回头观望，原来是早被我引上来的得到休息的人的手。

我望着他，好像说："你应该休息了呀！"

他望着我，好像回答："当我的同伴还在苦痛中，我是不能安心休息的。"

于是我们共同伸出手去，共同把陷在那中间的都引上来。我们都从苦痛中抬起头来，站直了身子，还是我们那一群，一齐大步向快乐走去。我们最快乐，因为我们所得到的是穿过苦痛的快乐。

生活的快乐来自于忘记自己的伤痕

刘安娜

这天对镜梳妆，无意间抬头，下巴上那一道浅粉色的伤痕跳入眼帘，那是半年多以前，我不小心磕破的，当时缝了两针。

起初，因为疼痛的提醒，我常抬起下巴，揽镜自照，看那一道伤痕划过下巴，缝针的两道疤与磕出的口子交错咬合，总令我想起麻袋的封口，有几分触目惊心。

随着疼痛渐逝，而我又无暇不厌其烦地抬起下巴，那道伤痕便渐渐淡忘了。今天偶然看到，发现它已淡如微云。

其实，在我刚缝针时，朋友们总安慰我：伤在下巴上，无碍观瞻。只是我老是磕磕绊绊想到它，看一看，摸一摸，叹口气。而当我能够遗忘时，我的下巴似乎也像以前一样光洁。

事实上，有许多伤痕，藏在别人根本看不到的地方，一些甚至自己都会忽略的地方。我们又何必对之耿耿于怀呢？忘掉那些伤痛，生活原本会快乐很多。

伤痕，只有你自己看得到。

只要你对那些伤痕熟视无睹，它们就是根本不存在的。你没有必要把伤痛一次次揭给别人看，没有人探究你的隐秘，除非你自己不愿忘记，否则一切伤痛都是微不足道的。

战胜自己的伤痛，简单得就像吃苹果时，发现外皮有一块小疤，用刀削掉就好，这不会影响整个苹果的味道。你只知自己吃了个苹果，也不用让联合国开会，通知全世界说，你吃的苹果有个疤。

人生路上有许多美丽的风景，不要因为一支花而错过整个春天

陆勇强

两户人家的空处有一棵银杏树，枝繁叶茂，秋天来的时候，银杏的果子成熟了，颗颗粒粒地掉在泥地里，孩子们捡回一些，但都不敢吃。老人们说银杏果子有“毒”，不能吃。

有一年，其中的一户人家的主人去了一趟城里，知道银杏果可以卖钱，他摘了一大袋背到城里，结果换来一大沓花花绿绿的票子。

银杏果可以换钱的消息不胫而走。

另一户人家主人上门要求两家均分那些钱，他的要求当然被拒绝了。

于是，他找出了土地证，结果发现这棵银杏树在他划定的界限内。

于是，再一次要求对方交出卖银杏果的钱，并且告诉对方这棵银杏树是他家的。

对方当然不认输，他从一位老人那儿得知，这棵银杏树是他的爷爷当年种下的，他也有证据证明这棵银杏树是他的。

两家闹起纠纷，反目成仇。乡里也不能判断这棵树是谁的，一个有土地证，但证件颁发时间已久，土地已调整多次了。一个有证人证言，前人栽树，后人乘凉，自古使然。

于是，两人都起诉到法院。法院也为难，这是一件棘手的事情，于是建议庭外调解。但两人都不同意，他们都认为这棵银杏树是自己的，为什么要共有这棵树。案子便拖下来了，他们年年为了这棵银杏树吵架，甚至斗殴，大打出手。

这样故事延续了 10 年。

10 年后，一条公路穿村而过，两户人家拆迁，银杏树被砍倒。

这场历经 10 年的纠纷终于在银杏树的轰然倒下后结束了。

为了一棵树，他们竟然争斗了 10 年，3000 多个本来可以快快乐乐的日日夜夜，难道不比一棵树重要？为什么不去种一棵树呢？10 年后，树苗完全可以长成一棵大树。

想来真的可怕，有时一个人为了得到某一种东西，往往会失去自己更重要的。

守护好你美丽的心境，不要让任何事去玷污

席慕蓉

初中的时候，学会了那一首《送别》的歌，常常爱唱：

“长亭外，古道边，芳草碧连天……”

有一个下午，父亲忽然叫住我，要我从头再唱一遍。很少被父亲这样注意过的我，心里觉得很兴奋，赶快再从头来好好地唱一次：

“长亭外，古道边……”

刚开了头，就被父亲打断了，他问我：

“怎么是长亭外，怎么不是长城外呢？我一直以为是长城外啊！”

我把音乐课本拿出来，想要向父亲证明他的错误。可是父亲并不要看，他只是很懊丧地对我说：

“好可惜！我一直以为是长城外，以为写的是我们老家，所以第一次听这首歌时就特别地感动，并且一直没有忘记，想不到竟然这么多年是听错了，好可惜！”父亲一连说了两个“好可惜”，然后就走开了，留我一个人站在空空的屋子里，不知道如何是好。

前几年刚搬到石门乡间的时候，我还怀着凯儿，听医生的嘱咐，一个人常常在田野间散步。那个时候，山上种满了相思树，苍苍翠翠的，走在里面，可以听到各式各样的小鸟的鸣声，田里面也总是绿意盎然，好多小鸟也会很大胆地从我身边飞掠而过。

我就是那个时候看到那一孤单的小鸟的，在田边的电线杆上，在细细的电线上，它安静地站在那里，黑色的羽毛，像剪刀一样的双尾。

“燕子！”我心中像触电一样地呆住了。

可不是吗？这不就是燕子吗？这不就是我从来没有见过的燕子吗？这不就是书里说的、外婆歌里唱的那一只燕子吗？

在南国温热的阳光里，我心中开始一遍又一遍地唱起外婆爱唱的那一首歌来了：

“燕子啊！燕子啊！你是我温柔可爱的小小燕子啊……”

在以后的好几年里，我都会常常看到这种相同的小鸟，有的时候，我是牵着慈儿，有的时候，我是抱着凯儿，每一次，我都会兴奋地指给孩子看：“快看！宝贝，快看！那就是燕子，那就是妈妈最喜欢的小小燕子啊！”

怀中的凯儿正咿呀学语，香香软软的唇间也随着我说出一些不成腔调的儿语。

天好蓝，风好柔，我抱着我的孩子，站在南国的阡陌上，注视着那一只黑色的安静的飞鸟，心中充满了一种朦胧的欢喜和一种朦胧的悲伤。

一直到了去年的夏天，因为一个部门的邀请，我和几位画家朋友一起，到南国一个公园去写生，在一本报道垦丁附近天然资源的书里，我看到了我的燕子。图片上的它有着一样的黑色羽毛，一样的剪状的双尾，然而，在图片下的解释和说明里，却写着它的名字是“乌秋”。

在那个时候，我的周围有着好多的朋友，我却在忽然之间觉得非常的孤单。在我的朋友里，有好多位是在这方面很有研究心得的专家，我只要提出我的问题，一定可以马上得到解答，可是，我在那个时候唯一的反应，却只是把那本书静静地合上，然后静静地走了。

在那一刹那，我忽然体会出多年前的那一个下午，父亲失望的心情了。其实，不必向别人提出问题，我自己心里也已经明白了自己的错误。但是，我想，虽然有的时候，在人生的道路上，我们是应该面对所有的真相，可是，有的时候，我们实在也可以保有一些小小的美丽的错误，与人无害，与世无争，却能带给我们非常深沉的安慰的那一种错误。

我实在是舍不得我心中那一只小小的燕子啊！

美丽的容貌来自美好的心境，心情好，一切都好

黄苗子

有一女孩19岁了，生得毫不“沉鱼落雁”。选这个那个“小姐”肯定是没有希望的，连校花、班花都没有人会考虑到她。她自卑感很强，眼见同学一个个花枝招展，自己老觉得是彩凤群中的丑小鸭。她有一个强烈信念，就是生为女性，如果长相不漂亮，生命就等于失去大半，找工作，交男友，处处吃亏。心情日见忧郁，读书也无精打采。家人忧之而束手无策。老夫俟其假日，邀至城郊小游。清风徐来，漫行山道。老夫极赞自然界之美，一草一木，一石一山，都各适其适地点缀于大自然中，阳光雨露自然是欣欣向荣，狂风暴雨也足以增强生命力。人只是自然界中的生物之一，也都是跟草木山石、花鸟烟云一样，在大自然中生生不息，并且各有各的安身立命之处。自然界无所不包，它不特别加恩于浓艳娇美的桃李，也不特别鄙薄那些无色无香的野草闲花。因为夭桃秾李和野草闲花在大自然中都不可或缺，都是自然之子。女孩听了半天，似乎陷入沉思，徐徐问道：如此说来，大自然把那些野草闲花要来何用？老夫答曰：在大自然的眼中，不知何为美丑。因诵白居易《杏园中枣树》一诗：“人言百果中，惟枣凡且鄙。皮皴似龟手，叶小如鼠耳。胡为不自知，生花此园里……”直到诗末：“寄言游春客，乞君一回视。君爱绕指柔，从君怜柳杞。君求悦目艳，不敢争桃李。君若作大车，轮轴材须此！”

女孩坐在丘石上望海，对我说：听了你的话，不知怎的，我好像看到

一条人生大道。坦白地说，以前，我觉得自己样样不如人，曾经想过投海自杀。于是老夫接着为她讲一故事：昔日有一个善女人，生得貌丑，难以见人，就去投海。忽然一位僧人跑来拦救。此女得以生还。僧人合十对她说：女居士，人有两条生命，一条是属于你自己的，刚才你已经自杀捐弃了；还有一条是属于众生的，愿女居士加倍珍惜这一条生命。女孩听毕，嫣然一笑，老夫觉得她的笑容，其美无伦。

好心情决定好人生

林　夕

一次，我去拜访一位公司主管。在他的办公室，看到两幅漫画：一幅满脸都是笑，眉毛、眼睛、鼻子、嘴都向上，弯弯的，像月牙，从上面往下掉的金元宝都接住了，一个也没掉在地上。另一幅则满脸都是气，眉毛、眼睛、鼻子、嘴都朝下，一撇一捺，像斗笠，从上面往下掉的金元宝都落在了地上，一个也没接住。我看了，忍不住笑了。

“你不是总问我成功的秘诀吗？如果有的话，这就是。”主管微笑着说。

我看着这两幅画，有些疑惑：“就这个？”

“对，就这个。我每天早晨走进办公室，每当我遇到难题的时候，我都会看着它，它会对我说：任何时候，都选择快乐！”

“任何时候？”

“对，任何时候。”

“可有些事情是痛苦的，你怎么选择快乐？”

“事情本身是没有快乐和痛苦的，快乐和痛苦是我们对这件事情的感受。同一件事情，你从不同角度来看待，就会有不同的感受。我给你讲个故事吧！有个年轻人，家在郊区农村，每天到城里来上学。可是他高中毕业后没有考上大学，别人都以为他会垂头丧气，没想到他却高高兴兴地回家，搞起了科学养鸡，不到两年就致富了。他用自己赚的钱，给家里盖了三间大瓦房。按照当地习惯，盖房上顶梁时要放鞭炮请客。上梁那天，街坊邻居都来了，杀猪宰羊放鞭炮，十分热闹。就在大家兴高采烈地喝酒吃饭的时候，只听‘轰’的一声，梁塌了！砸得满地尘土。大家都愣住了，不知说什么好。这时，就听有人哇的一声哭了起来。这位年轻人一看，是他姐姐。他就说：哭什么？你哭它就立起来了？说着，他端起酒杯，对众人说：来，大叔大婶们，咱们接着喝！梁倒了，再上一次！正好咱们街坊邻居又多了一次喝酒的机会！后天中午还请大家再来！

“这件事儿，后来不知怎么传到一位公司经理那儿，他们公司新开发了一个项目，正在招人，可是销售经理一直没有找到合适的人选。他听说后，就找到那位年轻人，说服他加盟自己的公司。当时公司的其他负责人都不同意，认为那位年轻人没有学历，没有经验，不能胜任这项工作。可是这位经理听了却说：‘哦，那没关系。因为我们不是用他 20 天，而是准备用他 20 年。所以你们说的这些，他会有时间学会的。可是，他这种乐观自信的性格，却不是别人可以花时间学会的。我看中的正是这一点。’这位经理力排众议，起用了那位年轻人。”

“那么后来呢？那位年轻人怎么样了？”

“后来，那位年轻人果然不负经理所望，用了不到一年的时间，就开发占领了整个东北市场，三年后，产品遍及全国并出口到国外。后来，他成了这家公司的主管，现在，他就坐在你面前。那个年轻人就是我。”

我惊诧地看着他，又转身看着墙上的那两幅画，久久无语。

快乐并不总是幸运的结果，它是一种德行，一种英勇的德行

韩小蕙

从前人们碰到一起，打招呼时说的是："吃了吗？"

后来路遇，改成了："你好！"

今天相逢，在相当一部分人口中，又变成："活得快乐点儿！"

由物质到精神，关怀的内容发生了本质的变化。

然而，快乐的理由呢？

甭管男人，我问过许多女同胞，回答差不多都是："享受生活呀。"不同的是她们有各自的源泉——

一个老太太，已垂老到走路不能自如的境地，还坚持在景山公园的台阶上，一级一级地往上蹭。她脸上阳光灿烂："这是我每天最快乐的事呀。"

一个女友，整天忙碌在办公室，无非打印个文件，收收发发，很琐碎，往身后一看什么都留不下。可一到休息日，她就闲得忧郁，叨唠说："工作能使我快乐。"

一个操劳了一辈子的母亲，不穿金，不戴银，不吃补品，不当王母娘娘，每日依然辛劳不辍，笑呵呵回答儿女们的是："全家平平安安呐，比什么都让我快乐。"

一个下岗女工："谁能给我一份工作，我可快乐死了。"

一个小保姆："主人家信任我，不见外，我就觉得快乐。"

一个小女生："哎呀呀，星期天早上能让我睡够了，最快乐！"

至于我自己呢？每当坐在电脑前写作，心里就流淌出一条喜悦的大

河，别人以为我整天点灯熬油的那么苦，玩什么命呢？殊不知，写作是灵魂的居所，是生命的泊地，这是我生活全天候中最快乐的时光。

生活是世界上最难的一道题，复杂得永远解不清；可是生活又简单得像一颗透明的水滴，一首诗，一支歌，一朵小花，一片绿叶，一只小动物……就能让我们快乐得如同仙女一样飘起来，一直飘向天国。

人心则是自然界最遥不可测的欲海，有了电视机，还想要电冰箱、洗衣机、手机、空调、汽车、房子、别墅……然而人心也是最容易满足的乖孩子，一句宽心的话，一张温暖的笑靥，一个会心的眼神，一声真诚的问候，一个良善的祝福……就是一根根棒棒糖一颗颗开心果，能一直香甜到我们心里，使我们回到快乐的童年，小鸟一样“叽叽喳喳”地唱不够。

史蒂文生说：“快乐并不总是幸运的结果，它常常是一种德行，一种英勇的德行。”

快乐起来的理由有万万千千，关键是——要时时刻刻给自己加油，鼓劲！

生活得最成功的人
是生活中最会笑的人

（尼加拉瓜）鲁文·达里奥

笑声是生活的点缀。笑容可掬的人一般都是身心健康的人。一个孩子的笑声好比一支歌唱童年的乐曲，天真的欢快像一条清澈的瀑布从嗓子里喷涌而出。

冥思苦索的思想家们不笑，因为他们整天和宇宙万物打交道，埋头在一片宁静之中。强盗和罪犯也不笑，因为在他们那担惊受怕的灰色生活中，充满着凄楚和阴影，内心的恐惧和仇恨像一个黑色的紧箍咒，始终伴随着他们。

“我们要赞美笑声。”

“我们为笑声祝福，因为她使世界摆脱了黑夜。”

“我们赞美笑声，因为她是晨曦，是太阳的光环，是小鸟的啭唱。”

“我们为笑声祝福，因为她是上天的宠儿，可爱的玫瑰色娃娃，是他给人间带来了和平和幸福。”

“我们赞美笑声，因为她总爱逗留在蝴蝶的翅膀上，在洒满露珠的香石竹的花萼上，在石榴美丽的红色宝石上。”

“我们为笑声祝福，因为她是救世主，是长矛，是盾牌。”

生活是由无数烦恼组成的一串念珠，但要微笑着数完它

肖　剑

有个谜语：你对它笑，它就对你笑，你对它哭，它就对你哭——这是什么？

人们都猜：这是镜子！我的朋友却不动声色地回了一句：这是生活。

举座皆惊！他却来了句妙侃：“愁眉苦脸地看生活，生活肯定愁眉不展；爽朗乐观地看生活，生活肯定阳光灿烂！”

果然有道理！

于是，我突然想起一个故事。一次，穷困的法国作家拉伯雷想去巴黎，却偏偏一分钱也没有，就故意笑眯眯的当着警察的面拿出几张白纸，分别在上面写上：送给皇后的药，送给王子的药，送给公主的药，然后在

白纸里包了点红色粉末。那警察见拉伯雷行踪古怪，疑为刺客，便把他押到了巴黎，经审查排除了刺客的嫌疑，又只好把他放了——真是妙极，笑眯眯的拉伯雷一分钱没花，便平平安安地到了巴黎！

真佩服这位乐观豁达的拉伯雷，真佩服这种笑眯眯的人生态度！尤其有趣的是，笔者钻研法国文学时，居然找到了上述谜语的出处——就是拉伯雷说的："生活是一面镜子。你对他笑，它就对你笑，你对它哭，它就对你哭。"

不是吗？如何看待生活，的确与人的主观世界有关：心中没有阳光的人，势必难以发现阳光的灿烂！心中没有花香的人，也势必难以发现花朵的明媚！

既然如此，以豁达的态度面对人生吧！别小肚鸡肠！别斤斤计较！别动不动就背上沉重的十字架！

生活中多一分宽容和理解，少一分计较和猜疑

姜桂华

母亲给我讲过这样一件事：有一次她去商店，走在她前面的年轻妇女推开沉重的大门一直等到她走进去后才松开手。当母亲向她道谢时，那位妇女对母亲说："我的妈妈也和你的年纪差不多，我只是希望她遇到这种时候，也有人为她开门。"听了母亲说的这件小事，我的心温暖了许多。

一日，我患病去医院输液，年轻的小护士为我扎了两针也没有扎进血管里，眼见针眼泛起了青包。疼痛之时我正想抱怨几句，却抬头看到了小护士额头上布满了密密的汗珠，那一刻我突然想起了我的女儿。于是我安

慰她说："不要紧，再来一次！"第三针果然成功了，小护士终于叹了口气，她连声说："阿姨，对不起。我真该感谢你让我扎了三针。我是来实习的，这是我第一次给病人扎针，太紧张了，要不是你的鼓励，我真不敢给你扎了。"我告诉她，我也有一个和她差不多大的女儿，正在医科大学读书，她也将有她的第一个患者，我真希望女儿第一次扎针也能得到患者的宽容和鼓励。

如果我们在生活中多点将心比心的感悟，就会对老人生出一份尊重，对孩子怀有一份怜爱，会使人与人之间多一些宽容与理解，少一些计较与猜疑。

笑纳生活，生活就会多姿多彩

刘　辉

曾经读过一则故事：在一个山村，有一对残疾夫妇，女人双腿瘫痪，男人双目失明。春天，男人背着女人到山坡播下一粒粒种子；夏天，男人背着女人在庄稼丛中除草施肥；秋天，男人背着女人在忙碌地收获着丰收的果实……一年四季，女人用眼睛观察生活，男人用双腿丈量生活。时光如水，却始终未冲刷掉洋溢在他们脸上的幸福。

当有人问他们为什么幸福时，他们异口同声地反问："我们为什么不幸福呢？"男人说："我虽然双目失明，但她的眼睛看得见呀！"女人说："我虽然双腿瘫痪，但他的双腿能走呀！"

这是一种豁达乐观的胸怀，一种左右逢源的人生佳境！

拥有了这种胸怀，心灵如同有了源头活水，时时滋润灵动的眼睛，去发现美，欣赏美——姹紫嫣红草长莺飞是美，大漠孤烟长河落日也是美；

荷败菊谢大煞风景吗？为什么不用心去品味“留得残荷听雨声”“菊残犹有傲霜枝”的优美意境呢？在城市，有霓裳倩影车水马龙高楼大厦的繁华热闹；在乡村，有小桥流水麦浪滚滚蛙声一片的淳朴宁静。

拥有了这种胸怀，心灵则空明澄澈，超然于名利纷争之外，感到宁静和满足。身居高位，钟鸣鼎食掌印管符，可谓荣华富贵；人在陋室，“可以调素琴阅金经”，逗虫鱼养花鸟，自怡人心性淡泊明志；驰骋政坛跃马商场，可以体会到奋斗的满足与成就；拥有一份普通工作，日出而作日落而息，尽享天伦，能感受到生活的平和安逸。“芙蓉如面柳如眉”，是先天的骄傲，“腹有诗书气自华”的浸润，更能使你出类拔萃卓尔不群；即便是遇到挫折“行到水穷处”，也要坦然地迎难而上，潇洒地“坐看云起时”。

生活是多姿多彩的，关键是看你以什么样的眼光看待它；拥有一份正确的视角，你会发现——生活是多么美好！

只要我们自己心里充满阳光，世界就永远阳光灿烂

袁小虎

这是一个真实的故事，很平凡，但值得我把它记下来。

那天很晚，我才在旅社找到铺位。当走进“306”号房子时，这里先来的四位正在“双吊主”，闹腾着，有一个正狼狈地钻着桌子。门口挡风的一个床位是我的，我静静地斜躺在被子上，掏出书，企图到书中去躲避吵闹。

一会儿，吵声小了，我眼前亮了许多，转身一看，一个胖子把挂在铁

丝上的电灯从他们头上移到靠近我这边，他口里像是自言自语地说："人家看书看不清楚！"

"不，不要紧，我看得清！"我心里一阵热，但一会儿我又冷下来了，本能地摸了摸身边的提包，因为这里面有一笔不少的钱。出门在外，害人之心不可有，防人之心不可无。

我不知什么时候睡着了，并做了一个梦，梦见我的提包丢了，我一阵急，冷丁醒了，发现提包正在怀里好端端的——原来是虚惊一场。

这时，天已蒙蒙亮了，同房其他四个人都已悄悄地在起床，一会儿，我明白了他们是要赶早班车。有一个想要拉灯，马上被同伙轻声制止了，又有一个轻轻地走到我床边，弯下腰，我一阵紧张，预备着……可他从床下拾起一本书丢在我的床上——这是我睡前看的那本。

我又一阵激动，但没放松提包。

他们收拾好了，出门了，像一阵轻风，走在最后的胖子把门锁扭开，按下了保险，轻轻地把门虚掩上，可随即风又把门吹开来了。虽是初冬，那风还是怪冷的。我刚要起来关门，胖子又转来了，把门掩上，他刚抬脚，门又被吹开了，他迟疑了一下，把保险推上，想把门锁死，但又犹豫着。又有一个人转来了，和胖子嘀咕了一阵，只见胖子又把门锁扭开，保上险，然后从袋里掏出一团纸，按在门框上，这样，门就轻轻地被关死了。他们折腾半天，为的是不让关门的声音把我吵醒。

他们走了，我抓提包的手松了，收紧的心也松了，一股暖流流到心房，传遍全身……

花儿总是绽放给乐观的人

金　英

面对金黄的晚霞映红半边天的情景，有人叹息："夕阳无限好，只是近黄昏。"也有人想到："莫道桑榆晚，晚霞尚满天。"

对同一件事，不同的人因为心态不同，会导致截然不同的结果。

心理学上运用心理调节常常能使人战胜沮丧，从不良情绪中解脱出来。人生在世，难免遇到些伤心事，苦恼事，有时会使人痛苦不堪。如果此时你能用利导思维，从不幸中寻找，挖掘出积极因素，就能转"忧"为喜，开拓出一片新的天地，从"山穷水尽"转入"柳暗花明"。在很多情况下，人们的痛苦与欢乐，并不是客观环境的优劣决定的，而是由自己的心态决定的。遇到同一件事，有人感到痛苦，有人却感到快乐，这完全是不同的心情使然。成人教育家卡耐基说："如果我们有着快乐的思想，我们就会快乐；如果我们有着凄惨的思想，我们就会凄惨；如果我们有害怕的思想，我们就会害怕；如果我们有不健康的思想，我们还可能会生病。"对这个问题，文学家萧伯纳讲的更为明确。一名记者问萧伯纳："请问乐观主义者与悲观主义者的区别何在?"萧伯纳回答："这很简单，假定桌子上有一瓶只剩下一半的酒，看见这瓶酒的人如果高喊'太好了，还有一半。'这就是乐观主义者；如果有人对着这瓶酒叹息：'糟糕，只剩下一半。'那就是悲观主义者。"

平凡的点滴，汇集成伟大的业绩

（美）迈　克

有这么一个故事。

在暴风雨后的一个早晨，一个男人来到海边散步。他一边沿海边走着，一边注意到，在沙滩的浅水洼里，有许多被昨夜的暴风雨卷上岸来的小鱼。它们被困在浅水洼里，回不了大海了，虽然近在咫尺。被困的小鱼，也许有几百条，甚至几千条。用不了多久，浅水洼里的水就会被沙粒吸干，被太阳蒸干，这些小鱼都会干死的。

男人继续朝前走着。他忽然看见前面有一个小男孩，走得很慢，而且不停地在每一个水洼旁弯下腰去——他在捡起水洼里的小鱼，并且用力把它们扔回大海。这个男人停下来，注视着这个小男孩，看他拯救着小鱼们的生命。

终于，这个男人忍不住走过去："孩子，这水洼里有几百几千条小鱼，你救不过来的。"

"我知道。"小男孩头也不抬地回答。

"哦！那你为什么还在扔？谁在乎呢？"

"这条小鱼在乎！"男孩儿一边回答，一边拾起一条鱼扔进大海。"这条在乎，这条也在乎！还有这一条、这一条、这一条……"

今天，你们在这里开始大学生活。你们每一个人，都将在这里学会如何去拯救生命。虽然你们救不了全世界的人，救不了全中国的人，甚至救不了一个省一个市的人，但是，你们还是可以救一些人，你们可以减轻他们的痛苦。因为你们的存在，他们的生活从此有所不同——你们可以使他们的生活变得更加美好。这是你们能够并且一定会做得到的。

在这里，我希望你们勤奋、努力地学习，永远不要放弃！记住："这条小鱼在乎！这条小鱼也在乎！还有这一条、这一条、这一条……"

第八章　出色的工作是高贵的荣衔

只有在劳动中
才能创造高贵的品格

杨汉光

一个乞丐来到我家门口，向母亲乞讨。这个乞丐很可怜，他的右手连同整条手臂断掉了，空空的衣袖晃荡着，让人看了很难受。我以为母亲一定会慷慨施舍的，可是母亲却指着门前一堆砖对乞丐说："你帮我把这堆砖搬到屋后去吧。"

乞丐生气地说："我只有一只手，你还忍心叫我搬砖，不愿给就不给，何必刁难我?"

母亲不生气，俯身搬起砖来。她故意只用一只手搬，搬了一趟才说："你看，一只手也能干活。我能干，你为什么不能干呢?"

乞丐怔住了，他用异样的目光看着母亲，尖尖的喉结像一枚橄榄上下滚动两下，终于俯下身子，用仅有的一只手搬起砖来，一次只能搬两块。他整整搬了两个小时，才把砖搬完，累得气喘如牛，脸上有很多灰尘，几绺乱发被汗水濡湿了，斜贴在额头上。

母亲递给乞丐一条雪白的毛巾。乞丐接过去，很仔细地把脸和脖子擦了一遍，白毛巾变成了黑毛巾。

母亲又递给乞丐20元钱。乞丐接过钱，很感动地说："谢谢你。"

母亲说："你不用谢我，这是你自己凭力气挣的工钱。"

乞丐说："我不会忘记你的。"他向母亲深深地鞠一躬，就上路了。

过了很多天，又有一个乞丐来到我家门前，向母亲乞讨。母亲又让乞丐把屋后的砖搬到屋前，照样给他20元钱。

我不解地问母亲："上次你叫乞丐把砖从屋前搬到屋后，这次又叫乞丐把砖从屋后搬到屋前。你到底是想把砖放在屋后还是屋前?"

母亲说："这堆砖放在屋前和屋后都一样。"

我噘着嘴说："那就不要搬了。"

母亲摸摸我的头说："对乞丐来说，搬砖和不搬砖可就大不相同了。"

此后又来过几个乞丐，我家那堆砖就屋前屋后地被搬来搬去。

几年后，有个很体面的人来到我家。他西装革履，气度不凡，跟电视上那些大老板一模一样。美中不足的是，他只有一只左手，右边是一条空空的衣袖，一荡一荡的。

他握住母亲的手，俯下身说："如果没有你，我现在还是个乞丐；因为当年你叫我搬砖，今天我才能成为一个公司的董事长。"

母亲说："这是你自己干出来的。"

生命的链条，用自己的血汗焊接才能更牢固

（英）泰斯特

有个老铁匠，他打的铁链比谁的都牢固；可是他木讷不善言，卖出的铁链很少，所得的钱只够勉强糊口。人家说他太老实，但他不管这些，仍旧一丝不苟地把铁链打得又结实又好。

有一次，老铁匠打好了一条巨链，装在一艘大海轮的甲板上做了主锚链。这条巨链放在船上很多年都没机会派上用场。有天晚上，海上风暴骤起，风急浪高，随时都有可能把船冲到礁石上。船上其他的链锚都放下了，但是一点也不管用，那些铁链就像纸做的一样，根本承受不住风浪，全都被拉断了，最后大家想起了那条老铁匠打的主锚链，把它抛下海去。

全船一千多乘客和许多货物的安全都系在这条铁链上。铁链坚如磐石，它像只巨手紧紧拉住船，在狂虐的暴风雨中经受住了考验，保住了全船一千多人的生命。当风浪过去，黎明到来，全船的人都为此热泪盈眶，欢腾不已……

其实，我们有很多时候也像那位老铁匠一样得不到别人的理解和认可。于是，很多人无法忍受寂寞，对自己的能力和努力产生了怀疑，不能坚持自己的原则和善待自己的工作，甚至自暴自弃。这样，将永远没有机会得到别人的认可和尊重，当机遇降临的时候，成功也必将与你失之交臂。

在人生漫长的道路上，我们每个人也都在努力地打着一条“铁链”，它不是铁做的，而是以自己的能力、学识和恒久的努力为材料的，在某一

个时候，肯定会用到它。是否牢固坚韧，就看你在平时是否扎扎实实打好了每一锤。

一心一意地做下去
生活才与众不同

（法）安德烈·莫洛亚

一个人的精力和才智是极其有限的。面面俱到者，终将一事无成。

我十分了解那些见异思迁的人。他们一会儿觉得“我能成为一名伟大的音乐家”，一会儿又认为“办企业对我来说易如反掌”，一会儿又说“我若涉足政界，准能一举成功”……

请相信，这类人终将只是业余的音乐爱好者、破产的工厂主和失败的政客。拿破仑曾说：“战争的艺术就是在某一点上集中最大优势兵力。”生活的艺术则是选择一个进攻的突破点，全力以赴地进行冲击。

职业的选择不能听任自然，初出茅庐者都应该扪心自问：“我干什么合适，我具备什么能力?”如果力所不及，强求也是徒劳。如果你有个大胆又果敢的儿子，与其让他去坐办公室，倒不如让他去当飞行员。而选择一旦做出，除非发生错误或严重意外，你万万不可反悔。

在已确定的职业范围内，仍有必要做进一步的选择。哪一位作家也不可能各种小说全写，哪一位官员也不可能改革一切，哪一位旅行家也不可能走遍天涯海角。你还得绝对顺从天意，摆脱权力欲。

给你一点必要的选择时间，但是有限。

军人在充分考虑了一道命令的后果之后，他们习惯于在讨论中一语定夺：“执行!”请以同样的方式，结束你的自我讨论吧。“明年我干什么?

准备这门考试，还是那门？是去国外深造，还是进这家工厂？”对这些问题，反复考虑是自然的，但是为自己限定一定的时间也是必要的。时间一过，就应当做出决定。“执行”的决定既已做出，后悔是没用的，因为，世上的事情总是在千变万化。

为了保证忠实地执行自己做出的决定，经常制定既能体现长远规划、又能显示近期目标的工作计划是有益的。几个月之后，几年之后，再回头看看当初的计划，我们会对自己的能力和素质产生信心。但是，在计划内众多的项目中，分清轻重缓急十分必要。在这方面，应该倾注全部的心血，全心全意干你该干的事。让你的思想和行动都朝着一个目标努力。当你达到目的的时候，你就可以回顾一下以往的足迹，察看一番走过的弯路，只要事业未就，必须勇往直前。

对什么都感兴趣的人是讨人喜欢的。但是干事业，你只能在一定的时间内，专心致志于一个目标。虽然你常常会被一些纠缠不清、难以下手的问题搅得心烦意乱，但是经过不懈的努力，最终一定会排除障碍。

一弯腰就是一生

蔺洪生

这个题目，其实是诗。是我读《诗刊》时，从字缝里摘下的一句，也是形象而真实的一种写意。

一弯腰就是一生。弯腰之际，或耕耘，或获取，或谦恭，或阿谀。一弯腰一首诗，再弯腰一出戏。弯直之间，让人品味无穷并感受世事，感受着生命的顺逆和甘苦。

人活一世，总靠腰杆撑着。腰杆硬了，精神就旺盛，就能在追求中升华生命，升华信念和品质。从这个意义上看，腰杆不弯，是讲骨气。但从生存角度看，弯下腰来又是满足需求，是选择一步接一步的里程，是深层次的抗争。

弯腰向前，才有生长的故事。

你看，在那片叫做土地的画面上，那些指土为金的农民们，全都弯着腰身，全都脊背朝天种瓜点豆，都那么一把土一把米地亲近田园，亲近在汗水来去的那些四季。而且，四季内外，还有风浪，还有浪上的号子，一咏三叹着，在前浪与后浪之间，高亢而悠久。当然，号子的源头，有劲风吹帆，有船夫们弯腰拉网，弯着腰身唱一种气势，唱破浪向前的一个个高潮，唱着古铜色的骄傲。

写到这里，我的脑海不能不涌现父亲，涌现出父亲躬身前行的那种身影。作为基层干部，父亲常年奔走乡间，常年关注庄稼，关注庄稼上空的阴晴，也关注着民间圆缺。乡路弯弯，父亲的生涯弯弯。我总觉得，生前的父亲和农民、船夫们一样，腰身或直或弯，是一种命运的张扬，是为了延伸力量和精神的锋芒，为了走近心中那些久酿的愿望！

一弯腰就是一生。腰身弯弯，是个辛勤的过程，是苦旅也是对前程的接近。弯身之际，有人俯视艰难的数据，是在再造事业的高度；有人倾身理性的文字，则为了让体验与思考相融，为了创作篇章，用来负载思想重量，负载鼓舞人心的光芒。

有一次，母亲把我领进菜园，并弯身拔起一朵朵青翠，拔成收获交我捎回，捎给妻儿品尝。那时，在那片慈爱的阳光和绿色里，我深深感到，在平凡的母亲四周，在平凡的各行各业，该有多少人鞠躬尽瘁着，有多少人在求索中植入希望，又在希望中盼着成功，盼着果实的灿烂。不管怎么说，人生如登山。登得越高，腰身越弯，越有坎坷贴近路上，贴近高处的那些风光。

一弯腰就是一生。但走过的风风雨雨，我们不会淡忘。在我们面前，没有哪趟足迹不是弯的；没有哪段里程不曲曲折折……

不管为了什么，我们还应弯下腰来，还应该创造美好！你看，从早到晚，太阳的里程弯着腰，风雨过后，跨天的彩虹亦弯腰。作为我们，当然要放弃平庸，要让信心深入骨髓，让人格放出高尚的色泽。

把恰当的工作，分配给最恰当的人是最好的管理方法

佚　名

临下班时，一个胖女孩找到我，说是机器上的一个螺母掉了。我随口应着漫不经心地拿着扳手、钳子和一大铁盒新旧不一、型号各异的螺母去了她操作的机器前。

刚欲动手，车间下班铃声骤响。由于机器没有什么别的毛病，只是换一个螺母而已，我不想只为了换一个螺母而把手弄得脏兮兮。我打算明天上班时换上它。

第二天刚上班，我看见老板就站在那个胖女孩的机器旁边。“你必须在一分钟内让机器恢复运作。”老板盛怒。

我想：一分钟之内换一个螺母还不是小菜一碟。却不料，一盒子的螺母竟没有一个是与螺栓的尺寸、型号搭配得当的，我陷入了尴尬的沉默之中，最后老板一字一顿地说：“对于这台机器而言，那个与螺栓吻合得天衣无缝的，才叫螺母，而你盒子里的全是一块一块的废铁。工厂就好比这台机器，工人就好比一个简单而不可或缺的螺母。”

决心去做的事，绝不反悔

谢　冕

几年前，一位小姐邀稿于我，说是要写一句对自己影响最大的人生格言，并说，这格言可以是别人说的，也可以是自己说的。格言当然总是出自名人或伟人，自拟的所谓格言再反过来“影响自己一生”这说法总有些不妥。

但我实在犯难。想来想去，似乎因别人的一句话而影响和决定了一生的并没有。尽管小时候大人们曾用“少小不努力，老大徒伤悲”之类的话劝勉过我，但真的“老大”了，却发现那只是一句陈词滥调。后来，又有自觉或被迫诵读的当今圣人的话之类，发现那些话充满了自以为是的霸气，我不满于说话的人那种不平等的、居高临下的训诲。当然，只能敬而远之。

孔子和鲁迅都说过许多漂亮的话，但那些也很难决定一生。当古代圣贤和当今圣贤都不能解决问题的时候，人只能求助于自己。反顾自身，平生为人处世，大抵奉行着从容而坚定的姿态，我于是为自己“创造”了，或者说，是总结出这样一句话:“决心去做的事，绝不反悔。”在这句“格言”的背后，站立着我的一个完整的人生态度，即，我以为人活着第一要紧是自信。坚定、果断、勇于承受，即使面对失败而不失自尊。

“永久的悔”这题目对我是真正的难题，前面说到了我的人生格言是“不悔”，又如何做这“悔”的文章呢？好在也包括“虽九死而犹未悔”。这样，我也许还凑合着可以交差。

我是凡人，不可能无过失。因而不可能总是无悔。但事实却是我很少有悔。因为我奉行的是不悔的人生。前面说的那句“自拟格言”便是这种“奉行”的宣言。那话乍听起来真有点一意孤行的味道，因而要加以必要的注释。

事有大小，情有重轻，“决心去做”云云，指的是需要“下决心”去做的，并不是所有的事。有些事去做就是，无须踟蹰再三然后再下决心。这些事不是例行便是日常，也会有失误，但谈不上悔或不悔的严重。那些要“下决心”去做的，一般不属于“鸡毛蒜皮”则要思而后行，甚至再思、三思而后行。这类事没有把握硬去做，叫做轻举妄动。需要决心去做的，则属于必做的和非做不可的。这样的事，不做则已，做则必成。这个过程，即指周密的权衡，谋事之初要多思慎虑，一旦认为必行，则期以必成，决心和行动都要果断。

一件事没有做完就扔下，是半途而废。一般说来，这半途而废乃是陋习，是缺乏自信也缺乏自律的表现。审时度势而下了决心，加上行事之中的机智和审慎，一般总会成功，一般不至于事与愿违。但“事不如意常八九”，世上总有难料之事，总有许多意外。意外就是主观因素之外的突如其来，这是任何坚定而自信的人也无法躲避的。

即使面对一个周密从事计划的，决策的误差和实践的受阻也许会导致失败，面对这样意想不到的情况，作为“格言”的奉行者，我的态度依然是“不悔”。这不意味着不面对事实，而是更为超脱地面对事实：一个理智的人要敢于面对失败。从另一个角度看，这面对失败的“不悔”，是寻求心理的健康。因失败而怨尤，是一种自我折磨。失败不能让人消沉，失败应当是另一种境界的始端。人必须承认失败只属于自己——尽管失败有许多自己以外的原因，但失败的苦果只能由自己品尝。在这个时候，人既不能自怨，也不必怨人。

对于崇尚行动的人，纠正的办法是用下一个行动的成功来抵消前一个行动的失败。对于失败的承受，和对于一个成功的期待，是人生的至乐。

因此，我坚定相信自己的这一句发明："决心去做的事，绝不反悔"。

创新能使一个人永葆生机和活力

吴志强

朋友应聘一家独资公司。

该公司把前来应聘的人安排在会计室分三天做三次考核。

第一次考试，朋友便以 99 分的好成绩排在第一。一位叫小米的女孩以 95 分的成绩排在第二。

第二次考试试卷一发下来，朋友感到纳闷，当天的试题和第一次的试题完全一样。开始她认为发错了试卷。但监考人员一再强调，试卷没有发错。既然试卷没有发错，朋友也懒得去想，自信地把笔一挥，还不到考试规定时间的一半，试卷便全填满了。朋友把试卷一交，其他应聘的考生也陆陆续续地把试卷交了上去。人人脸上都春风得意，显然，个个都认为自己胜券在握。第二次考试考分一出来，朋友仍以 99 分不动摇的成绩排在第一。而那位交卷最晚的女孩小米以 98 分的成绩排在第二。

第三天准时进行第三次考试。

"这次该不会拿同样的题目给我们考吧？"

进考场前，应聘的考生们议论纷纷。

试卷一发下来，考场上顿时开了锅，因为试卷和前两次完全一样！

"安静，安静，大家听我说，这次考题和前两次一样，都是公司的安排。公司怎么安排，我们就怎么执行，如有谁觉得这种考核办法不合理你可以放下试卷，我们随时放你出考场。"

监考人员把桌子拍得"啪啪"响。

众人一看招聘人员发怒了，只好老老实实低下头去答卷。

这次考试更省事儿，绝大部分考生和朋友一样，根本用不着看考题，“刷刷刷”就直接把前两次的答案给搬上去了。不到半个钟头，整个考场都空了。只有那位叫小米的考生仍托腮拍脑，绞尽脑汁冥思苦想。时而修改，时而补充，直到收卷铃响才把答卷交了上去。

第三次考分出来，朋友长长舒了一口气。她仍以 99 分的成绩排在第一，不过这次没有独占鳌头。考生小米这次也以 99 分的好成绩和她并列第一。但朋友一点也不担心被她挤下来。

第四天录用榜一公布，朋友傻眼了：上面只有小米的名字，她落选了。朋友当时就找到总经理办公室，理直气壮地质问他：

“我这三次都考了 99 分，为什么不录用我而录用了前两次考分都低于我的考生呢？你们这种考核公平吗？”

朋友显得异常激动。

总经理笑呵呵地凝视着我的朋友，直到她心平气和才开口说话了。

“小姐，我们的确很欣赏你的考分。但我们公司并没有向外许诺，谁考了最高分就录用谁。考分的高低对我们来说只是录用职员的一个依据，并非最终结果。不错你次次都考了最高分，可惜你每次的答案都一模一样，一成未变。如果我们公司也像你答题一样，总用同一种思维模式去经营，能摆脱被淘汰的命运吗？我们需要的职员不单单要有才华，她更应该懂得反思，善于反思善于发现错漏的人才能有进步，职员有进步公司才能有发展，我们公司之所以三次用同一张试卷对你们进行考核，不仅仅是考你们的知识，也在考你们的反思能力。这次你未能被选用，我实在抱歉。”

朋友哑口无言，羞愧难当地退出了总经理的办公室。

出色的工作是高贵的荣衔

（法）阿利·玛利尼

他是个上了年纪的补鞋匠，铺子开在巴黎古老的玛黑区。我拿鞋子去请他修补，他先是对我说：“我没空。拿去给大街上的那个家伙吧，他会立刻替你修好。”

可是，我早就看中他的铺子了。只要看到工作台上放满了的皮块和工具，我就知道他是个巧手的工艺匠。“不成，”我回答说，“那个家伙一定会把我的鞋子弄坏。”

“那个家伙”其实是那种替人即时钉鞋跟和配钥匙的人，他们根本不大懂得修补鞋子或配钥匙。他们工作马虎，替你缝一回便鞋的带子后，你倒不如把鞋子干脆丢掉。

那鞋匠见我坚持不让，于是笑了起来，他把双手放在蓝布围裙上擦了一擦，看了看我的鞋子，然后叫我用粉笔在一只鞋底上写下自己的名字，说道：“一个星期后来取。”

我将要转身离去时，他从架子上拿下一只极好的软皮靴子。

他很得意地说：“看到我的本领了吗？连我在内，整个巴黎只有三个人能有这种手艺。”

我出了店门，走上大街，觉得好像走进了一个簇新的世界。那个老工艺匠仿佛是中古传说中的人物——他说话不拘礼节，戴着一顶形状古怪、满是灰尘的毡帽，奇特的口音不知来自何处，而最特别的，是他对自己的技艺深感自豪。

在现代社会里，人们只讲求实利，只要“有利可图”，随便怎样做都可以。人们视工作为应付不断增加消费的手段，而非发挥本身能力之道。在这样的时代里，看到一个补鞋匠对自己一件做得很好的工作感到自豪，并从中得到极大的满足，实在是难得遇到的快事。

出色的工作就是高贵的荣衔。一个认真而又诚实的工匠无论做哪一门手艺，只要他尽心尽力，忠于职守，除了保持自尊之外别无他求，那么，他的高贵品质实不下于一个著名的艺术家。世上没有世袭相传的贵族。做人堂堂正正才是唯一真正的高贵的人。

为了后来的追忆，请细心描绘你现在的图画

齐有波

孰为强者，千古江山？满怀崇敬，追寻强者的足迹，我登上时间飞船，畅游天地间。

烈焰滚滚，天塌地陷，望不见繁星点点，巾帼豪情，女娲补天，混沌之中强者的影子闪现。江河水、饮不尽；侠客泪、流不干，夸父逐日，怎不令人赞叹，强者何惧纸老虎、大自然！黑云蔽日，天怒人怨，炮烙忠臣，志士胆寒，武王举旗，伐纣除奸，斯为义行，斯为强者，代代流传。

壮士行，易水寒，铁骨铮铮，正气浩然，喋血秦王殿；乌骓马，乌江岸，成败荣辱，英雄美人，壮志力拔山。强秦暴虐生涂炭，百里无人烟。大泽乡路逢淫雨，众征夫蹈死赴难；营门外，驻所边，狐啸夜半，陈胜吴广起义揭竿！群雄逐鹿；结义桃园，青龙偃月丹凤眼，三尺长髯，胸怀忠义过五关；九尺男儿赛过轩辕，七军遭水淹；单刀赴会，侠肝义胆，战场杀伐，金戈铁马，麦城一去常使人心痛泪落湿青衫。杨家将，武艺精湛；

天波府，碧血青天。俊郎侠侣齐上阵，血战雁门关。保家卫国忠心一片，岂一门五侯区区封号可堪！潇潇雨歇，壮怀激烈，怒发冲冠：山可移，海可填，岳家军难撼。滔滔白水，半壁江山，昏君佞臣，不让将军破楼兰！风波亭，明月夜，青石栏，怎不让人泪涟涟！山河破碎，身世浮沉，零丁洋上茫茫漫漫，看丹心一片。时光如水，逝者如斯；斯为强者，其精其神直上九重天，可叹！

轮回辗转，沧海桑田，烟波浩渺五千年。清水池塘，小桥流水，数几缕青烟；扬子江畔，碧水滔天，挽几回狂澜！年年岁岁，岁岁年年，听我一曲《相见欢》：

清风孤灯凭栏，明月夜，意念神州方圆，霜林晚。

戈壁滩，叹驼铃，嘉峪关。不尽多少豪杰，在心间。

说不完风流故事，看不尽无限江山。千古情长，人生路短，历数豪杰风范，你我当自强，再续中华光辉画卷！